PETEXTO MOZART

LILIANA HEER

Heer, Liliana
Pretexto Mozart
Ciudad Autónoma de Buenos Aires, Febrero 2020.
pag.134; 15,24 cm x 22,86 cm

ISBN: 9798639980763.

1. Narrativa Argentina. I.Novela. II. Título

Cuadro de tapa: *Snapshot*. Vanina Muraro, témpera acrílica.

Diseño tapa, maquetación e interiores: Ana Abregú.
Metaliteratura www.metaliteratura.com.ar

Impreso en Amazon

a Macarena Cordiviola

a Juanqui Indart

Agradezco a Diamela Eltit

su inteligente y generosa lectura

Sólo la brevedad conquista

Buxton

PRIMERA PARTE

EL HUESPED

"Si un rayo parte un árbol la culpa es del árbol y no del rayo", repetí al salir del hospital. La mancha en el pulmón izquierdo había desaparecido. Inmaculada. Una armonía obtenida sin premeditación: mi cuerpo ajeno al desvarío resolvió vencer.

Una y otra vez absorta ante el hallazgo de la sombra, ante su falta. Había imaginado vivir con un huésped en el pecho; en los alvéolos del pulmón nidales, historias sueltas, el pueblo entero resonando. Lo visto y oído más presente que el hoy.

(*Pata de Bolsa* le dicen en el campo al amante que burlando controles penetra en la casa y en la mujer del señor).

Cuando el marido salía Teresa colgaba del alambre para tender la ropa un pañue+lo rojo, esa era la contraseña. Roberto cubría con trapos sus pies, precaviéndose, sin dejar huellas. Lejos estaban de suponer que una noche serían descubiertos.

Los amantes conversaban plácidos, a horcajadas las piernas de la mujer, ojos atentos a los ojos, la boca, el pubis. Él había ido a buscarla. Querían huir a la gran ciudad. Perderse entre la gente.

Volví al hospital con el árbol y el rayo. Gesto de hielo ante la ausencia de la mancha. ¿Qué nombre tiene el grito? Trágalo. La madrugada anterior, en sueños, fui testigo de una pelea. Hijos de igual madre, decía la voz del pueblo. Pata de Bolsa y su rival: dos manos oscuras en las espaldas del ladrón. Bien habría podido ser un juego si de repente los golpes no hubiesen cobrado mayor ferocidad. El parecido entre ellos era notorio. Una traición familiar. Los hermanos luchaban con ímpetu cercano al júbilo. De los labios de Pata de Bolsa salieron sonidos inarticulados. Ruido insepulto. Hubo agitación, forcejeo. Olor a huesos en el muladar. Yo estoy en el fondo del cobertizo, hormiguean las plantas de mis pies, veo trepar pequeños reptiles, son insignificantes pero en el trayecto dejan un líquido espeso, mercurial. Sacudo las piernas y en lugar de hacerlos caer se adhieren. La presión de sus escamas persiste cuando despierto.

El decálogo sanitario se interpuso. A cada pregunta del médico una mentira salta de mi boca. Tersa piel con minúsculos dialectos. Su mirada: una lámina negra y brillante. El médico afirma, ni siquiera eso, atestigua. Los argumentos tienen la precisión del espéculo, no existen más que en relación al fin. Se interesó lo suficiente como para actuar. Sus dedos palparon. Arco íntimo. Árbitro de la salud. Quiso celebrar el éxito con ternura material: me desfloró en la camilla.

—Vas a terminar enamorándome.

—*Ce n'est pas ma faute* —respondí.

Algo cambió el idioma de Molière; cierto interés por las membranas del alma tuvo lugar aquella mañana de nevisca. La curiosidad de sentir a la joven recién curada sobre el hombro salvador.

(Ezequiel: cincuenta y tres años. Albino. Miope. Paternal y viscoso. Doctor en Medicina. Instinto de profesor. Retórica destemplada. Solitario. Viudo. Heredero. Filatelista).

(Belén Gautier: diecisiete años, estatura mediana, peso por debajo del normal, dolicocéfala. Leve estrabismo ante los haces de luz. Sugestionable. Melómana. Habitada por la memoria de su pueblo).

La corriente alterna tiene una serie de características ventajosas en comparación a la corriente continua: su voltaje puede cambiar rmediante un sencillo dispositivo electromagnético.

Nací en una colonia endémica. ¿Qué significa eso? Un estímulo para crear malentendidos. Los interrogantes sobre el origen lamen los barrotes de la ciencia. Un enigma ejerce atracción, las circunstancias se vuelven antecedentes, el contagio espanta, renueva profecías, da rienda suelta al vencer por vencer

Como los folletines por entrega había sido la curación: cada semana una ronda de practicantes circundaba mi cuerpo. Detectaron la sombra, repitieron la placa, se ordenó un cambio de hábitos. Aunque no sea obedecida, la más simple advertencia genera ilusión de bienestar, remarcó el profesor Ezequiel.

¿Y si hubiese imperado otra lente? Yo vivía lejos de mi padre, el informe de la mancha impedía que ingresara a la universidad, mi próxima vivienda sería un pabellón de vidrios azules.

¡BASTA DE SANGRE!

—No quiero compromisos —le dije a Ezequiel al volver del primer paseo.

La vista del lago en la retina: los barcos, abejas arañando sus márgenes. ¿Quién será dueño del paisaje? Hay niños jugando en la costa, otros reman o se dejan llevar hacia la isla. Los arpegios de una pequeña orquesta encrespan la superficie del agua. Artificios de mandarín, esquirlas de *savoir—vivre*. Una chica de buena familia sólo mira cristales. (Es el establecimiento para contagiosos, dijo Guido al enterarse, como si el deber de un novio fuese avivar temores).

—Nunca hubiera permitido que entraras al pabellón azul, te habría cuidado aquí —susurró el desflorador.

Cambio mancha en el pulmón izquierdo por consolar a un viudo, pensé dándome coraje. El viudo hubiera querido repetir el coito cuando volvimos del paseo, pero el temor lo mantuvo cauteloso. Su esposa había muerto a causa de una hemorragia. ¡Basta de sangre! Dios quiere víctimas sufrientes. ¡Mátalo o alábalo!

Yo no tenía intenciones de imitarla. Voy a vivir hasta la última arruga, resolví vehemente, y así surgió la frase: No quiero compromisos.

El territorio está minado, mis decires amenazan. Tengo en los brazos a un hombre mayor que mi padre, se ha quedado dormido, lo llaman Ezequiel.

Un campo eléctrico desplaza los electrones negativos y los huecos positivos a través del material semiconductor.

En tiempos de Ezequiel los cielos se abrieron –rezaba el cura del pueblo–. Hubo vientos tempestuosos, nubes, fuego y en medio del fuego una enorme figura color ámbar. De becerro las plantas de los pies, alas y manos por los cuatro costados. La forma de su rostro parecía humana y de león el lado derecho y el izquierdo de buey y los cuatro tenían rostro de águila. Su estampa era fuego de carbones encendidos. La figura corría a semejanza de relámpagos. Rueda en medio de la rueda, veloces círculos del color del.topacio

PATA DE BOLSA

Pata de Bolsa busca el sitio justo donde los alambres ceden, saliva sus manos y las restriega contra el pelo. Sabe que el rapto se avecina. Ha visto el pañuelo rojo pero ignora si esa noche podrán escapar. Entrepierna descalza. El riesgo comparte una dimensión trágica. Si sólo fuera un desconocido. Si la pelea hubiera sido reciente. ¿Cuánto hace que no habla con su hermano Florindo? ¡Maldito! fue la última palabra que cruzaron.

La traición es siempre familiar, con sangre se lava la sangre. Ellos lo saben. Una generación de víctimas curiosas, mezcla de soledad y triángulo obtuso. Los miembros de la muerte sólo conocen su propia voz, es posible reconstruir las líneas siguiendo el griterío.

Pata de Bolsa y Teresa estaban abrazados. Florindo, al sorprenderlos, sintió vergüenza. La mujer hablaba despacio, su hermano besaba las palabras, de pronto callaron y de pronto rieron. Los derechos perdidos ante la evidencia. Él no hubiera podido impedir nada; su único deseo fue que no se diesen vuelta, que no lo vieran.

Lentamente llegó hasta la despensa, levantó con cuidado la puerta del sótano y se metió en aquella oscuridad hasta el amanecer. Cuando cantó el gallo supo. Aún jadeaba. Como si lo hubiesen encerrado hizo el ademán de golpear con su cabeza la tapa de madera.

Sobre sus tacones altos, Teresa recorrió los pocos metros que la separaban del vagón. Roberto a sus espaldas. Guarecidos para que nadie los viese, aferrados al marco de la puerta esperaban que el coche se pusiera en movimiento. Una vez arriba, sin vacilar, caminaron hasta el último asiento. Si alguien observó la partida, seguramente se distrajo con las flores que asomaban por debajo del abrigo negro de la mujer.

Pata de Bolsa y Teresa llegaron a la ciudad. Quiso la suerte que el hermano mayor reprimiera cualquier signo de violencia. ¿Cómo iban a saber los amantes que habían sido descubiertos? Ante ellos se anunciaba el porvenir. Alquilaron un cuarto próximo a la estación de trenes; el único objeto que la mujer se permitió conservar del matrimonio fue una radio. Al encenderla escuchó en tono de arenga:

Este no es lugar para diversiones indecentes... Y así finalizamos la pausa para dejarlos a ustedes con el Doctor Nofrul...

Teresa intentó cambiar el dial pero la mano de Roberto interrumpió el movimiento.

—Mejor que haya ruido —dijo llevándola hacia la cama.

El programa continuó:

Mi protegido es un inmigrante que empezó de la nada, llegó al país como polizón y ahora se gana la vida con honradez. El supuesto delito no fue por una tara hereditaria, en realidad no hubo delito. El Señor Tara, inventor del término, pertenecía a una familia de músicos habituada a tararear. Entremos en tema: Prima facie, dejo constancia que no hubo intento de comercio carnal. Las protestas de la señorita Bucherol estuvieron motivadas por su fantasía. No es novedoso que se impute a otro un impulso que avergüenza. Pero volvamos a la familia del extranjero, ha habido en ella casos de naufragio, también conductas desmerecidas por timidez o falta de locuacidad. Si el hombre pudiese hablar correctamente revelaría hechos inauditos, ahora no está en condiciones porque es una ruina física, ha sufrido desprecios desde que pisó esta tierra. Mi defensa se basa en la inocencia de sus actos. Puesto que de otro modo no sabe expresarse, tartamudeó episodios de su intimidad exentos del carácter aludido por la señorita Bucherol. Como hemos observado, ninguna de las partes pudo reproducir el diálogo. Aunque me salga de materia, quiero advertirles que escuchar trae aparejada una innegable complicidad denominada catarsis pasiva. En pocas palabras, no pretendo invertir la demanda y acusar a la señorita, simplemente intento hacerle saber que cualquier ilusión que se hubiese forjado, y nada malo hay en ello, se la despertó un insano.

EL HOMBRE ES UN ANIMAL FEO

—Estás signado, Ezequiel. Ni el éxito sobre mi cuerpo ni la celebración cambiarán nada. No fue a tu mujer a quien poseíste en la camilla. No es de mí de quien terminarás enamorado. El riesgo es otro: podrías perderla de nuevo. Esa intuición te adormeció. Por un instante, cuando volvimos del lago, creí en lo que decías. Tu cautela, el temor a una hemorragia. Si hubiese dicho lo contrario te habría desvelado. Pero decir: Juro imitarla, me pareció una maldad, no una ironía.

Hasta ahora sólo tuve contactos furtivos. Es la primera vez que estoy con otra mujer en esta casa, dijiste. ¿Por qué tanto interés en crear una historia idéntica? Si en lugar de regalarme sus vestidos me desnudaras, podrías ver que tengo pequeños lunares en el vientre. Una vez uní con un pincel todos los puntos y en el espejo apareció el mapa de un país tropical. Dirás que no me resulta difícil ver visiones. Es verdad, mientras dormías tuve impresión de mirar tus sueños. El hombre es un animal feo, Ezequiel.

El primer fenómeno eléctrico artificial que se observó fue la propiedad que presentan algunas sustancias resinosas como el ámbar: al ser frotado con una piel o un trapo adquiere carga negativa. La consecuencia inmediata es su capacidad para atraer objetos pequeños.

NI ALIMENTO NI COBIJO

No era una estancia, ni siquiera una chacra, la familia de Pata de Bolsa poseía algunas hectáreas junto al río. Criaban conejos; también los hijos nacían bajo el monstruoso ciclo de la especie. Crecieron sin madre porque un buen día la madre perdió la razón, lo único que hacía en las escasas horas que estaba despierta era morder los cordeles que la sujetaban al molino y caminar hasta el barranco. Nunca buscó tirarse pero ellos temían que lo hiciera. En silencio, los hijos mayores al notar su ausencia buscaban. Provistos de una gran red, la envolvían como si se tratara de un animal salvaje y la arrastraban de vuelta hasta el galpón. Durante una de esas noches los hermanos empezaron a reñir. Dejaron de trabajar juntos. No comieron en la misma mesa. Si uno entraba al rancho, el otro salía.

La madre siguió pariendo aun después de enloquecer. Insomnes y escuálidas criaturas reptaban a su alrededor. Ni alimento ni cobijo. Como una manera de vengar el porvenir, la familia se componía sólo de hombres. Era natural que se encargara del rancho pero lo natural se volvió caótico. Un caos penitente, seres en penumbra balbuceaban rezos; nada más se oía salir de esas bocas míseras.

La inercia tiene poca importancia en circuitos de corriente continua.

Las versiones de la enfermedad eran confusas. Contaban que la madre no había sufrido cambios paulatinos. Una noche volvieron y en lugar de verla de pie junto a las ollas encontraron el vacío. Poco supieron decir los hijos menores: lloraban. Después dijeron que la habían seguido como en los días de fiesta la seguían hasta la capilla. Tardaron en llegar al barranco. Bamboleando los faroles avanzaban con palos. El padre cargó la escopeta. Era buena costumbre ir al ataque. Cuando un hurón devora animales, el pellejo del hurón amanece clavado en una estaca. A ras de tierra, bajo las cajoneras, detrás del barril con ungüento para la sarna, entre los flejes y tablas y chapas que sacudidas cimbrearon, los hombres buscaban.

LOS ESLABONES

El médico desdichado tiene necesidad de alcohol como el carbonero de jabón.

Acompaño a Ezequiel en su deshielo. A medida que bebe, asoma el afán de rehacer su vida. De cada dos palabras, tres se refieren a las bondades del matrimonio.

Él pedirá mi mano.

Yo digo ser huérfana.

—Ella también lo era, la criaron sus abuelos. Heredé esta casa, el piano, la colección de estampillas, todo lo que nos rodea.

Entiendo que su única conquista en este período ha sido una membrana *cuasi* inmaterial. No se lo digo bruscamente, trato de halagarlo; balbuceo lo imposible que es para mi novio penetrarme.

—Siempre que intentamos hacerlo, Guido termina diciendo: Estás lacrada Belén.

Me corrige el tiempo verbal, en adelante deberé usar pretérito. ¡Que Dios ampare al salvador!

A medida que bebe se torna ocurrente. La mezcla de ingenio y autosuficiencia lo vuelve seductor. Tiene el ímpetu de quien conservó intactos los eslabones del vicio. Siente un asco pícaro hacia la ropa interior clara. Expresa una comodidad tan plena que, de haber hecho el servicio militar, las anécdotas heroicas irían apareciendo; pero no, su miopía lo salvó del lugar común.

La charla de pronto adquiere tono confesional. El instante de la sed sin sed se aproxima. Fue único hijo de padres tan ocupados en ellos mismos que sólo pudieron brindarle una relación de hotelería. Empezó a salir con su esposa el día que hicieron el juramento hipocrático; ella también era médica. Siempre le fue infiel con Lucrecia, una prostituta que conoció mientras hacía la residencia y que aún sigue viendo todos los sábados.

—¿Metodistas?

—Soy agnóstico.

—¿Podría conocerla?

—¡No!

—¿Por qué no puedo conocerla?

—No querías compromisos...

—Es cierto, no los quiero, ustedes me enseñarán a evitarlos.

EL CURA WALCZAK

El sacrificio, las donaciones, los hijos que año tras año había alumbrado y hecho bautizar por el cura del pueblo, hicieron que el cura no diese fe a los innumerables rumores y visitara a la madre. No lo hizo cuando hubiera debido porque se trataba de gente poco locuaz. Nunca había hablado con otro Kluger salvo con ella, a quien todos los domingos la escuchó arrepentirse de sus tontos pecados. Siempre que la vio, la vio ahogada por hijos dando vueltas en torno a su cuerpo como abejorros. No sólo no fue a visitarla de inmediato como hubiera debido, tampoco acudió cuando le avisaron que lo llamaba. Dijeron que salía a vagabundear con más furor los días de tormenta. También dijeron que por miedo a los relámpagos la encadenaban. Una sombra clara se movía junto al molino. Como si la presencia humana tuviese el poder de ahuyentar hurones.

Que la madre se había vuelto loca nadie lo dudaba, porque sólo habiendo perdido la razón una persona creyente abandona de un día para otro el buen camino y peca y vuelve a pecar con saña lujuriosa. Decían que iba desnuda hasta el barranco y aullaba como una loba en celo hasta que, por piedad, alguien la saciaba.

El ardor forma parte del mito de parir varones, pensó en algún momento el cura pero no lo repitió en voz alta desde el púlpito. Calladito el saber para que coagule.

Fueron también varones los tres bastardos nacidos en el galpón. La madre tenía entre los dientes la placenta, juró un carrero que por error entró, y salió a rebencazos porque: ¡Nadie se mete con mi mujer!, vociferaba el campesino. La marca en la mejilla del carrero. Hasta escupir de costado debió aprender.

La tierra, sustancialmente informe a efectos eléctricos,.suele emplearse como nivel de referencia cero para la energía potencial.

El cura Walczak introdujo en una valija de cartón cuanto icono conjuratorio estuvo a su alcance. Todavía guardaba los frascos que le había obsequiado la feligresa cada domingo. Frascos enormes donde flotaban cebollas y conejos. Alimentos terrestres saturados de reflujo uterino que aun después de comidos lo intimidaban.

—Quiera Dios que no vean mis ojos dolencia de mujer

—murmuró en un rezo y batió palmas anunciándose frente al portoncito del patio de los Kluger.

LATIDOS DE PAÍS TROPICAL

El rasgo protector del médico convierte en postergables los intereses de Belén. Una singular somnolencia la invade. ¿Cómo romperla? Habían diferido su ingreso a la universidad: recién llegada, sin amigos, más próxima al pasado que al presente. Sus planes eran otros, ver a Guido con más frecuencia y reencontrarse con Carolina; esa mujer que escapó de los brazos de su padre pero no de su prematura fascinación. Todavía le quita el sueño recordar que Carolina unió con un pincel los lunares de su vientre. Los labios apenas la rozaban mientras decía: Hay latidos de país tropical en mi pequeña.

La mancha alteró sus planes, Guido buscó excusas para no verla. Los novios son impresionables, llegó a pensar Belén. El mal del cuerpo entorpece los andariveles de la razón, redobla el misterio. Si el diagnóstico es confuso ronda la peste.

Belén miró las radiografías sin entender el código del claroscuro. Estaba en manos de médicos jóvenes dirigidos por un viejo profesor. Presenció parte de la enseñanza. Ponían las placas sobre una pantalla luminosa, observaban contrastes, hacían mediciones. La mañana del árbol y el rayo, Ezequiel cotejó el material radiográfico como siempre lo hacía, pero en lugar de proseguir la clase les pidió a sus discípulos que se fueran.

A solas con la paciente: tensión–distensión. Sillas en círculo, muebles de metal, un ventanuco, una mampara, la percha que Belén Gautier ya no volverá a usar.

La paciente estaba en ayunas, mal dormida, semi desnuda. Desafiante la delgadez del torso. La paciente iba a salir del hospital con la herencia de voces e imágenes que le había dejado la mancha. Tenía en la muñeca izquierda una pulsera de pelos de elefante; miró los nudos y automáticamente sus dedos achicaron el diámetro. Al hacerlo recuperó otra estampa del sueño en la que dos hermanos luchaban. Eran Atreo y Tieste. Sus torsos rasurados estaban escritos con carbón de hulla.

En su última visita al hospital, el profesor Ezequiel le había pedido a Belén que no se vistiera. Cuando quedaron a solas dejó escapar una exclamación alegre, parecía emocionado, algo sobre la suerte dijo mientras se le acercaba. Habló de celebrar, de recuperación, de privilegio.

Rota la distancia. Un hombre mayor, albino, con anteojos de vidrio muy grueso, de similar altura que su padre, acaricia el rostro de Belén, lo besa. ¿Habrá premeditado desflorarla en el gabinete?

UNA PELÍCULA

Tiene las piernas cubiertas por el vestido largo. Teresa sonríe y repite la letra de una canción que habla de flores bajo la nieve. Es el tema de una película que vio poco antes de casarse. Teresa apoya la cabeza contra la ventanilla, mira el nombre de las estaciones, lee con cuidado cada cartel porque teme haber tomado el tren en sentido inverso.

En la película, la actriz no se había equivocado, quería huir de la ciudad, no ver nunca más a Wilson. La actriz había sido el alma de un conjunto de jazz. Una cantante rubia, gorda y vencida, bajó del tren en una aldea abandonada. Su colorido equipaje sobre la nieve era un inmenso ramo de flores. ¿Y tu corazón?, le había preguntado Wilson mucho antes del viaje. La actriz sufría de palpitaciones, por las noches se incorporaba presa de agitación como quien emerge sin aliento del agua. Cubierta por una bata azul, sentada en el apoyabrazo del sofá donde Wilson ensayaba partituras, la rubia solía decirle al guitarrista: Sos un ángel, porque él mantenía los ojos abiertos mientras ella dormía. Eso le decía, pero una noche Wilson casi termina ahorcándola. La cantante tenía la garganta morada y él, con sus dedos de zombie eléctrico, susurraba feliz en un rincón: La condenada gorda ha muerto.

Si alguien quiebra la rutina, la realidad de inmediato
se vuelve una abstracción

Cuando los edificios comienzan a crecer, Teresa sacude el brazo de Roberto. Pata de Bolsa se adormeció en el último tramo; antes supo muy bien probar su lealtad, diluir cualquier semilla de incertidumbre. Unión en la carne. Cuerpos deseados, todavía extraños.

TODO NEGRO POR DENTRO

Lo visto y oído más presente que el hoy:

—Este pingajo inútil perdió la gracia que tenía en la capilla —maldijo la madre de Pata de Bolsa cuando vio al cura Walczak adentro del galpón.

Sin gracia no hay merecimiento. Dios abandona y otros mandan. A usted también lo abandonó. Quitan y echan. Lo van a atar al molino y obligar a parir. Mandan los que mandan Señor cura. Yo creía que usted era uno de ellos. Por el aliento, sabe. Ese aliento pestilente es el mismo que chorrea mi cuerpo. Usted tenía un aliento rancio, de cosa que va pudriéndose despacio. Abría la boca y yo olvidaba los pecados. El aliento del cura es penitencia. Diga que se arrepiente de matar conejos. Diga que tiemblan cuando los ahoga. Diga que sufre el animal herido. Diga más, busque el perdón: mire los ojos, pura pupila y sobresalto.

Mandan los que mandan, Señor cura. ¿Quién lo dejó entrar al galpón? ¿Qué le dijeron? ¿Lo obligaron a espiar? Déjeme verlo a contraluz. Todavía hay tiempo. Afuera está lleno de hombres. Los Kluger son hombres mansos pero cuando se hace oscuro les viene la violencia. Mentira que los hurones destripan. Hay escopetas, disparos, animales con perdigones en la quijada. Los revientan y después caminan maldiciendo. No hay Dios que alcance, todo es mortaja. Yo les doy asco, sabe, pero cuando se aburren de sacudir jaulas se me acercan. Puras palabras. Si uno insulta, otro defiende. Como en los remates, el que grita fuerte gana.

Quíteme de encima estos críos, Señor cura. Se burlan con la sed. Quieren que los amamante, ¿con qué? si ni carne tengo. Cada agujero su propia pestilencia. Es el aliento, sabe. Desde que tomé la comunión: la fe en el cielo. ¿De dónde sale tanta criatura? Gimen y gimen. Dicen que les pateo la cabeza. No es así, cuando me agacho se escurren por las tablas. Todo negro por dentro, todo negro. Abren y tiran. A veces pienso que los tiran muertos.

LA PROSTITUCIÓN NO ES UN *HOBBY*

Ezequiel se encuentra con Lucrecia después del mediodía porque a ella no le gusta madrugar. La prostitución no es un *hobby*, tiene sus reglas: mierda y brea. Lucrecia blasfema, ese rasgo enciende cascabeles, dice el profesor.

Todos los sábados copulan. Sin embargo, Lulú nunca entró a la mansión que Ezequiel heredó de su esposa. Un Santo Grial el hogar de los abuelos, pregunta Belén. Entonces él, con cierto sinsabor, dice que la decisión de mantener a Lucrecia alejada fue por una fotografía. ¿Cómo medir las consecuencias de los pequeños actos? Pocos meses después de la boda, el médico supo que no podría prescindir de algunos excesos en los que Lucrecia lo había iniciado. Antes de llegar al arreglo de los sábados estuvieron un fin de semana en la montaña. La epopeya del cuerpo: miles de hombres en una vulva más aire puro. Reían mientras patinaban por un lago nevado cuando alguien capturó ese instante con una Polaroid. Lo dramático fue descubrir que la esposa guardaba esa fotografía entre su ropa interior. Una piedra entre las piernas. La mujer, consciente de la doble vida, había escrito en el dorso de la foto: Ellos son felices todos los sábados.

—¿Cuándo vamos a ver a Lulú?

—¿Por qué tanto énfasis en conocer a Lucrecia?

Puede considerarse que el campo magnético en torno a un conductor rectilíneo se extiende igual que las ondas creadas cuando se tira un objeto.

—Va a ser necesario acordar en varios puntos —accede el profesor después de una larguísima pausa.

—¿Cuáles?

—Se llama Lucrecia, no Lulú.

Estoy por decir: perfecto; sin embargo digo lo contrario. Me niego:

—Voy a equivocarme. Prometería un desatino —insisto en que aceptar sus ocurrencias es una extraña forma de acuerdo.

—Empezamos mal.

—No creas.

—Veamos, ¿cuál es tu propuesta?

—No dar un examen para conocer a tu amante. Si se me ocurre decirle Lucre, hacerlo. O pensás que los nombres son inamovibles. Muchas veces digo llamarme Babel en lugar de Belén.

—Todo esto no tiene sentido, es un capricho.

—¿Y?

SPLEEN

Y después vinieron las lluvias, dijo el padre de Belén en el velorio de su esposa.

(Pierre Gautier, estanciero y ocasionalmente crítico musical, enviudó no sin haber disfrutado de un vivir exquisito, con noble sentido de la amistad y el arte. Temiendo caer en un estado melancólico, luego de un intervalo discreto buscó refugio en su única hija mujer para salir del aislamiento. Volvió a escuchar con inmenso deleite sus discos de Bela Bártok. Estaba muy acostumbrado a la vida matrimonial, a una familia respetuosa de sus reglas, a la monotonía de todos los días, a contar cosas desagradables sabiendo que todo volvería a adquirir la quietud de un *freeze frame).*

¡Calipso, ven en ayuda del *spleen*!

En una reunión en la que Belén debía exhibir su talento de pianista, para multiplicar el orgullo paterno de *dandy* tardío, apareció Carolina. Un arponazo de voluptuosidad. Suave y sin cicatrices, seducida por los dones de la pequeña, Carolina se acercó al padre. Las veladas en el Club Social del pueblo se hicieron más frecuentes, hubo ceremonias, festejos, una imagen frente a la otra y el infinito al alcance de la mano.

Gautier no escatimó recursos para atraer a la forastera; una noche, embriagado de exaltación, le anunció a Belén que volvería a casarse. Cuando lo hizo tomó el recaudo de advertirle que nunca imitara a su madrastra. La respuesta al por qué de su hija quedó en suspenso.

(Carolina: treinta años menor que Gautier. Descendiente de una familia de embajadores. Pelirroja. Impulsiva. Aventurera. Amante de la pintura).

Belén pasaba muchas horas en la habitación de Carolina, atraída por esa figura dúctil, de huesos transparentes, siempre pródiga en pinceladas y caricias. Escuchaba innumerables relatos de viajes en los que alguien sufriente la veía partir. Carolina evocaba ciudades y brillaban sus grandes ojos claros. Si algo en la vida deseó Belén fue que ella la hubiese engendrado. Era mucho más firme y resuelta que su padre, tan directa que la mayoría de las veces desconcertaba. Una alquimia próxima al saber de varios animales más que orientada hacia el estereotipo humano.

Acaso Gautier tenía razón en advertir a su hija, pero se equivocaba. La alianza de las jóvenes era otra, ilusión, secretos, maquillaje del devenir: "Nunca se sabe lo que puede un cuerpo".

—Nos volveremos a ver, te lo juro —le escuchó balbucear a Carolina la mañana en que se fue (en el mismo tren que unos años atrás habían escapado los Kluger).

LA JAULA DESOLADA

Pata de Bolsa y Teresa llegaron a la ciudad un jueves por la tarde. Estuvieron en un hotel hasta la noche del día siguiente. Porque hacía frío, Teresa usó el pulóver de Roberto bajo el abrigo oscuro. Le asomaban las mangas. Poco tenían que hacer: comprar alguna ropa, recorrer el centro buscando una pensión y esperar hasta el próximo lunes. El primo del cura Walczak había contratado a Roberto como ayudante de matarife en la zona sur. De haber sospechado el cura que Roberto se iba a escapar con la mujer del hermano, no le habría escrito una carta de recomendación.

Pata de Bolsa sabía que el único anhelo de Teresa era vivir en el centro de la ciudad. También sabía que contradecirla era un peligro. Tenía el dolor de su hermano en la boca del estómago. No sentía piedad sino vértigo por amar a una mujer infiel. Nunca iba a dormir seguro y eso más que un tormento era un anzuelo para mantenerse vivo. Ante el temor, cebado. Un animal libre al instinto que sólo come carne en pie. Primero había temido por Teresa, todavía no había cruzado una palabra con ella y ya temía. Estaban en una kermés, ella con su vestido largo, Florindo compadreando la miraba de reojo, medía sus caderas, las piernas, sin respeto. Codiciado como todo primogénito. Esa noche Florindo la invitó a bailar y al volver a la chacra le disparó a los conejos. La jaula desolada.

—Si amanecer pudiera —había dicho la madre entre sollozos.

El cura insistía en internar a la vieja Kluger porque más allá de las quejas nadie hacía nada. Encerrada en el galpón como una bestia. Los dientes en la soga. Había olor a desgracia, dijo Roberto. Fue poco después del baile que apareció su ropa desgarrada. La ropa de la madre, no el vestido floreado de Teresa. Era un batón amplio color pardo. Salvo en domingo nunca usaba otra prenda.

—Seguía arrancando pedazos y los metía en el hornillo mientras iba diciendo algo similar a lo que había dicho frente a las jaulas.

—Similar —preguntó el cura Walczack.

—Sí, pero ausente de esperanza.

—¿Qué decía?

—Amaneció el infierno.

¡NECESITO TIJERAS!

—Huérfana de quién, mi tesoro —pregunta Ezequiel en un remanso de ternura, dividido por la felicidad que le produce estar con alguien sin prejuicios. Lo alivia que Belén llame Santo Grial a la mansión que heredó de su mujer. Siempre había estado ante su esposa en puntas de pie, guardando las formas. Nada mejor que una pareja de médicos, estímulos dietéticos y escapadas voraces: modelo de clonación del porvenir.

—Huérfana de mí —respondo harta de dar explicaciones.

—Me refiero...

Con malhumor creciente trato de hacerle entender que los lazos sanguíneos tienen el valor de un *déjà–vu*.

Después de unos días, mi "capricho" es aceptado. Faltan pocas horas para encontrarnos con Lulú. A último momento, Ezequiel insiste en que use una boina. Es de su Ofelia, el primer recuerdo, ¿reliquia o fetiche?

—Tratar a una mujer como a un sello postal. Tener la precaución de que pertenezca a la serie —digo girando hacia el espejo.

Cuando el espejo me devuelve a una púber escuálida, no puedo evitar el impulso de arruinar mi figura.

—¡Necesito tijeras! Mejor el pelo corto. Un varón es menos vulnerable.

Se niega, jura que él se encargará. Una larga trenza escondida bajo la boina de fieltro violeta me da un tono prescindente, casi irreal. ¿Podría engañar a Carolina? Ni siquiera en penumbras, ella no necesitaba verme para saber lo que ocultaba.

Acaso mi anhelo por conocer a Lucrecia responde a la lógica del *Snark*, la del carácter transitivo en su versión negada. ¿Querré estar frente a una mujer para comprobar si yo también lo soy? Detestable densidad femenina, líbrame de tus hormonas grandilocuentes. Hazme lampiña, esmirriada, desértica, conserva mi estrabismo.

LA FE EN EL CIELO

Después de contemplar el estado de inanición y desvarío en que se encontraba la madre, el cura Walczak decidió internarla.

Hoc est corpus meum.

La fe en el cielo. Sostenida la creencia. Inocente, devota, rezadora. Aun posesa y brutal, era virtuosa. Ella quiso evitar que los Kluger apedrearan al cura. Contra sus hombros golpes, sangre en las crenchas. Hay que sacarla de aquí, llevarla al pueblo. Le supuran las costras. Olía tan mal que sólo un necio hubiera podido dar crédito a la aversión por el aliento. Deformaciones. Como si alguna vez el cura hubiese dicho algo sobre conejos. De haber hablado, habría sido para pedirle que los llevase vivos.

(Walczak sabía cocinar igual que una mujer, también empuñar armas. ¿O se han creído que la sotana es cárcel? El pueblo entero perturbado. Parecería verdad: No hay Dios que alcance).

SEGUNDA PARTE

LA MESÍAS

Entramos en la confitería a la hora prevista. Varias veces imaginé a Lulú, junto al mostrador, vestida de oscuro, con zapatos de tacones altísimos: un clásico. A la hora convenida las cosas suceden de manera distinta. Lucrecia, desde la butaca de un reservado hace señas para que nos acerquemos. Está comiendo un sándwich. Sin artificios, su libertad de comer porque tiene hambre altera mis expectativas. Nada responde a lo que había prefigurado. No está junto al mostrador haciéndole un escándalo al barman porque le ha servido una copa hasta el borde para que se moje la ropa como él se moja cuando la ve frotarse con los clientes.

Las líneas de fuerza del campo magnético tienen sentido antihorario. Cuando un conductor se mueve de forma que las atraviesa, el campo actúa sobre los electrones libres creando una diferencia de potencial.

Con la trenza y una excusa ridícula intento escapar de la escena que yo misma urdí. Estoy de pie. Digo que prefiero dejarlos porque olvidé cerrar bien mi apartamento. Ezequiel trata de retenerme. No encuentra palabras. Lucrecia se ríe y sigue comiendo. Mi esfuerzo por parecer normal es resbaladizo, arisco. Simulo dominio. El tiempo de lo demasiado tarde sobreviene. La prostitución no es un *hobby*. Debería haber respetado ese dogma. Ser puta: un oficio que sobrepasa mi fantasía. Ni siquiera podría decirle Lulú a Lucrecia. Tiene aspecto de enfermera más allá del color de la chaqueta. Come con la naturalidad de quien está sola. Es mucho más vital que Ezequiel: la relación que existe entre un árbol y su leña. Tiene el aspecto de una cala: surgida la flor del tallo como si los pigmentos hubieran enloquecido.

Se los ve plácidos, han logrado que me siente. Ezequiel nos mira. La quietud dura poco. Lucrecia termina el último bocado y le reclama dinero: Siempre peleamos por plata, todavía le da vergüenza pagar. No es al único.

Yo pretendo hacer un chiste pero me atraganto: arena en la laringe. Empiezo a toser. Lucrecia tiene la billetera de Ezequiel en la mano. Mientras cuenta el dinero dice que ella también quería conocerme; estaba informada de la mancha, el examen de ingreso, la última radiografía y el arrebato en la camilla. Ezequiel siempre habla de sus epopeyas: Escuchar forma parte del servicio, me aclara y llama al mozo. Pensó que le esperaba otra larga estadía en el anonimato secando babas por las gracias de una chiquilina.

¡Qué juicio mísero!, estoy por decir, pero callo. Economía de agua y mano de obra. *El aire quema la cal.* La retahíla de la chiquilina tiene un desenlace sorpresivo.

—Cosa de Mandinga pasar del martillo al clavo—enfatiza Lucrecia—. Se necesitan las dos manos. Vamos a ver qué hace Belén, la Mesías.

El reservado donde estamos se asemeja a un fósil fantástico, una gran mandíbula con arcos y contrafuertes. Entre un ambiente y otro hay puertas, ventanas, corredores abovedados. El mozo nos trae de beber. Ezequiel mueve las manos, une las yemas de los dedos y hace palanca. No refleja otro signo de impaciencia. Dice estar recordando a una giganta que conoció en un crucero.

Mientras lo escucho veo a una mujer de altura asombrosa entrar a su camarote. Tiene tantas prendas que es difícil estimar el contorno. Está unos minutos en silencio, luego la manzana de su garganta empieza a cantar un paisaje marino. Ezequiel había creído tener una visión, sin embargo a la mañana siguiente volvió a verla recostada en una hamaca. Nave de oro. Sus finas muñecas tejiendo no condecían con el tamaño del cuerpo.

UN VICIO

Lo visto y oído más presente que el hoy:

Teresa Fuentes (inquilina de una habitación, cocina y baño compartidos) avanza hacia el espejo con su vestido rojo. Es tan estrecho que Roberto le ayuda a subir la cremallera. Un vicio: vestirla y desvestirla. Cuando llegó le dijo a Teresa que cerrara los ojos y fue desnudándola despacio para ponerle el vestido. Quería ver el color de cerca, no flameando en el alambre junto a la ropa de fajina. La contraseña había sido una camisa roja, pero como no era de él le daba celos. Ni se atrevía a pensarlo: Si la hubiese sacado a bailar en la kermés, ahora Teresa sería del hermano.

De pequeño, dormía de la mano de Florindo porque a Florindo le obsesionaba el miedo a ser enterrado vivo. Por las noches le pedía que antes de cerrar la tapa del cajón colocara un espejo sobre su boca, si se empañaba era prueba de que vivía. Tajear la cara con un vidrio, entonces. Por eso iba la madre hasta el barranco. A buscar a la niña que habían tirado al río. Tuvo el mal de la cuna: asfixia blanca. Ni pudieron velarla. Cortajeada por Florindo, el muy maldito.

Música radial, ritmos populares, anuncios de espectáculos. Mientras Roberto hace horas extras en el frigorífico Teresa da vueltas por el cuarto. Copia letras de canciones, las memoriza. Tiene ganas de escribir a su familia, contarles que vive en el centro de la ciudad. Esa noche van a ir a bailar, nunca antes lo han hecho.

Los hermanos estaban en silencio junto a los barriles mirándola de reojo. Cada uno sin saber que el otro también lo hacía. Por las luces, Teresa no vio quién se acercaba. Le gustaban los dos: engominados, trajes oscuros y camisas blancas. El mayor tenía fama de enérgico. Así la agarró Florindo, soltándola bruscamente al terminar la pieza para después ahogarla contra el pecho: Mansa te quiero, dijo más de una vez mientras la llevaba del hombro hasta su casa. Dejó pasar un mes y fue a pedirla: anillo de compromiso, desafueros, dejarse manosear, mucho silencio

¡DIOS MELANCÓLICO!

El baile tiene lugar en un salón anexo al frigorífico. ¡Cuánta ilusión! Han salido con tiempo pero demoran en llegar porque al descender del tren Roberto apenas puede sostenerse. Arde un diente de fuego en su estómago. Está pálido, transpira, intenta erguirse. Ni pensar en volver, masculla. Buscan una farmacia. ¡Dios melancólico! Píldoras cada cuatro horas, leche, puré, nada de alcohol, hágame caso, he visto úlceras del tamaño de un radiador. Parecen los consejos de un mecánico, protesta Roberto. Su madre buscaba agua del molino, las cadenas no le impedían beber a borbotones. Abría el grifo y se deleitaba dejando que el agua le llenara la boca hasta hacerla toser. Yo estaba sano, vuelve a protestar Roberto y azota contra el piso el remedio que acaba de comprar. Su conducta no produce ninguna reacción en Teresa. Avanzan en silencio. Pasos en la calle asfaltada, pasos firmes, un pie delante del otro y de repente la música del baile:

Es justo allí
a mitad de camino
entre el huerto desnudo
y el huerto verde
... que tememos lo peor.

Sombrero de fieltro en la mano, edad indefinida, barba clara, cicatriz en el labio superior, almidón en el cuello de la camisa, traje y corbata. Walczak, más capataz que nunca, se aparta del grupo de hombres que beben en el mostrador y saluda a la pareja. Roberto omitió contarle a Teresa que también había trabajo para ella. Lo dice de repente, de modo que la ignorancia de su mujer pasa inadvertida. Teresa no escucha, en sus oídos resuenan los consejos del farmacéutico. El miedo que no sintió cuando escaparon del campo la atormenta durante el baile.

Más tarde, siempre con el sombrero de fieltro en la mano, Walczak se acerca y habla de visitar al cura: Un viaje que podríamos hacer los tres juntos, sugiere el capataz arrimando una silla, pero no se sienta. El brazo en el respaldo, comentarios sobre matones, presión sindical, la noche entera esperando discordia. Al hablar salta del trabajo a su vida privada. No puede alejarse del frigorífico, duerme en la pieza de arriba; menos mal que es misógino, soltero de tradición como su primo el cura.

Roberto entiende poco, sin embargo, ver a alguien vulnerable le produce una confianza súbita, quisiera ayudarlo y en ese intento le ofrece su mujer para bailar. Roberto supone que, si ella baila con alguien inofensivo como Walczak, podrá ser testigo de la codicia de otros hombres. Tiene que vigilarla, pronto va a estar fuera de su alcance igual que en la kermés. Florindo la había atraído con rudeza, sus falsos dedos quietos presionando la cadera. No era lo peor que bailaran enlazados, el daño aparecía al terminar las piezas, la arrancaba de él como a una fruta para dejarla suelta y poner ojos de pesar ganado. El ceño adusto, omnipresente, así debió haber tajeado el cuerpito de la niña en la cuna.

Poco antes de finalizar el baile hace su entrada al salón un guitarrista. Fue contratado por el capataz junto a otros músicos. No toca con ellos sino solo.

Guitarra, armónica y traje de gaucho. Tiene la armónica cerca de la boca sostenida por un alambre enroscado a la nuca. Llegó tarde, con el disfraz de gaucho sucio y excusándose. Lo habían demorado, se dejó distraer y terminaron golpeándolo porque iba a cantar en ese *hijodeunagranputa* de frigorífico. Al decirlo deja la boca congelada: labios pulposos, saliva espesa, odio y alcohol, trastabillando. Primero un gemido, casi una exhalación para tomar impulso y gritar bien alto:

—Walczak, traidor, polaco a sueldo.

LA GIGANTA

El tono que Ezequiel utiliza para describir a la giganta tiene un toque carolingeo. Belén, por un instante se olvida de Lucrecia y le pide a Ezequiel que continúe porque quiere oír el final, aunque sepa que el final es siempre otro, imágenes sueltas: lunares unidos por un pincel.

La giganta oraba con las manos sobre el piso. Su rezo blandía la niebla.

La giganta cumplía fervorosa los ritos musulmanes. El capitán del barco era muy allegado al padre (un famoso poeta que todos los años le confiaba a su hija).

La giganta sólo sabía rezar, pero un día el capitán le enseñó a tejer para que olvidara el *tesbih*.

Decían que la giganta orinaba de pie. Feroz pureza. Decían también que había nacido en una isla, situada a treinta y siete millas del continente africano, en la que sus moradores eran célebres por la altura. Había crecido tanto en el vientre que su progenitora al dar a luz fue perdiendo existencia. Los versos del padre de la giganta hablaban de una mujer dentro de otra. Esto llevó a un científico a leer su mapa genético: la giganta tenía en cada cromosoma una doble vida en latencia. Fue a partir de ese dato que Ezequiel intentó diseccionar su canto. El proyecto de hacer una investigación le fue vetado. Una vez más la ciencia en sospecha de herejía.

El capitán decía que la giganta era la reencarnación de una princesa jázara: Ateh. Una princesa rodeada de misterio que había compilado un diccionario sobre los cazadores de sueños. Tenía las letras del alfabeto dibujadas en los párpados. Según el capitán, en un viaje por el Mar Negro había oído cantar a los pájaros la misma oración que cantaba la giganta:

> *He aprendido de memoria la vida de mi madre como si fuera un papel teatral. Cada mañana, durante una hora represento su vida. Lo hago vestida con sus trajes, su abanico; también estoy peinada como ella: he trenzado mis cabellos en forma de gorro. Actúo para los demás, actúo hasta en la cama de mi amante. En los momentos de pasión no existo, porque entonces actúo tan bien que mi pasión desaparece y queda sólo la suya. Mi madre me ha robado de antemano todos los contactos amorosos, pero no se lo reprocho porque sé que ella también fue despojada de la misma manera por mí. Si alguien me preguntara a qué se debe tanto actuar, respondería: trato de darme a luz una vez más.*

Lucrecia le dice algo al oído a Belén. Belén y Lucrecia se levantan. Ezequiel pregunta qué le dijo y Belén responde que ambas preferirían seguir la velada en el Santo Grial.

¡TRÁIGANME EL HACHA!

Lo visto y oído más presente que el hoy:

Una lona roja ondula. En el mástil sería una bandera pero no lo es. De uno y otro lado trapos, toallas, sábanas, una blusa a lunares, una pollera gris y camisas color tierra. Algunas prendas se confunden con árboles. Cerca del alambre para colgar la ropa había una higuera. Florindo estuvo varias veces a punto de talarla porque un peoncito después de comer brevas se quitaba el azúcar lechoso limpiándose las manos en la ropa tendida. Hasta que un día al ver la ropa sucia, a falta de sierra, agarró el hacha y fue contando los golpes contra el árbol de la misma manera que decían que el dueño del hacha había contado los golpes sobre la cabeza de su esposa. Había seguido contando. Florindo también lo oyó. El hombre ya no tenía el hacha entre las manos ni estaba en el fondo del patio de su casa sino encerrado en el hospital del pueblo que en la parte de atrás funcionaba de loquero. Las manos tan juntas que no había forma de separarlas. Los ojos fijos en algo que no caía sobre la cabeza de su esposa porque los vecinos le quitaron el hacha y con las manos cerradas siguió asestando golpes contra nada. Golpe tras golpe. Un soplo de aire emerge de sus pulmones. Mordiendo los números las encías sin dientes, el rostro opaco, cubierto de sudor, los ojos fijos, el cuello cada vez más hundido contra el pecho. La gente del barrio muda. Lo habían visto la noche anterior del brazo de su esposa camino a la estación de trenes. No esperaban a nadie, tampoco querían despedirse, lo hacían siguiendo la costumbre de ver pasar la máquina que venía de otros pueblos rumbo a la capital. Eran inmigrantes muy reservados, tenían familia en la montaña pero nunca se movieron de los extremos del pueblo: la estación y la curtiembre. Destrozada la cabeza, el cuerpo intacto. El patio rodeado por matas de ligustrines embutidos en moldes de alambre con forma de animales. Subiendo y bajando los brazos en puño. Metido por los enfermeros en un furgoncito para que no fuese a matar a otro. Nunca lo hizo, ni amenazó siquiera. No hablaba con nadie. Si algo decía cuando dejaba de contar era: Tráiganme el hacha. Ese fue el único objeto que nombró durante su estadía en el loquero. Callado y farfullante, las manos sucias de tierra. Tan diestro que dio vuelta la media hectárea de terreno donde se perdían los fondos del hospital transformando el desierto en una huerta. El hacha en la boca hasta que otros locos también se ponían a contar: un coro destemplado observando de pie junto a los ladrillos del horno donde la vieja Kluger cocinaba masitas para los enfermos. Las manos blancas de harina. Esmerada en decorarlas, volverlas más sabrosas con pasas de uva que abría con las uñas porque no tenía acceso a instrumento punzante. Una medida de cuidado: sin semillas porque se escupe contra el Señor. Rezando quedo pero también pidiéndole al hijo. Siempre lo mismo en la boca de la madre las veces que Florindo fue a verla: Hay que sacarla del río.

> *Dicen Los Limbos del Pacífico que el único nativo de la isla, después de haber gritado: 'El macho cabrío ha muerto', trepó al árbol más viejo y colgó el instrumento que había diseñado con la cabeza y las entrañas del animal. El anhelo era producir una*

sinfonía instantánea, música elemental ejecutada por el viento.

INTERROGATORIO

Pocos días después de haber conocido a Lulú, Belén recurrió a uno de sus juegos preferidos: el interrogatorio. Como si ella misma fuese y no fuese quien era, empezó a preguntar y a responder. Había tomado esa costumbre del hijo del dueño del diario del pueblo. Fabiano repetía en voz alta algunos hechos tratándose de usted como si el diálogo hubiera tenido por interlocutor a un padre humillado.

Imitar a Fabiano fue algo más que un pasatiempo, le permitió a Belén ingresar al grupo de amigos que tenían sus hermanos. Poco a poco iba perfeccionando sus intervenciones hasta que la diferencia de edad dejó de ser causa de exclusión. Sus ocurrencias solían superar las expectativas de todos, incluso de Carolina.

—¿Fue testigo de algo especial en la confitería?

—Sí, de algo que no puede ser visto ni oído.

—¿De qué?

—Del cuerpo del tiempo.

—¿Su idea había sido otra?

—Por supuesto, al llegar quise salir de escena pero utilicé una mala excusa.

—Eso significa poco, podría haber sido una excusa excelente y sin embargo no prosperar. ¿Qué hizo además de hacerse convencer?

—Hablar de mi adicción a la música y del síndrome de abstinencia.

—¿Cómo fue referida la adicción?

—Mediante un recuerdo. Se trataba de algo ya ocurrido de manera que no tenía otra alternativa.

—Repita lo que dijo palabra por palabra.

—Aprendí a leer música mientras me enseñaban a escribir. Amaba tanto el sonido que no sabía que lo amaba. El sonido se adhería a mis dedos y la necesidad de mirar las teclas era tan fuerte que no soportaba los ojos sobre el pentagrama. Entonces, sentí que mis dedos retenían el camino de la música. Una memoria precoz, instantánea, visual, sobre todo visual en la orientación del itinerario; una memoria ajena al esfuerzo de memorizar y al mecanismo que la conciencia elabora para retener aquello que debe ser repetido, vino en mi auxilio.

—¿Tuvo alguna consecuencia?

—Felicidad y desesperación. Infancia partida por el esfuerzo de aplicar ese don a otras actividades.

—¿Qué significa eso?

—Perseverar en el error.

—¿Cuándo ocurrió?

—A lo largo del tiempo.

—¿Está segura?

—Sí y no. Fue durante un concierto en que el público aplaudió pidiendo que ejecutase otra vez la última pieza.

—¿Lo hizo?

—En segunda instancia, al principio me negué y hubiera debido sostener esa postura y retirarme o interpretar otro tema.

—¿Qué sucedió?

—Algo no fue posible. Estaba ausente la inmediatez que me unía al sonido.

—¿Lo que se denomina un papelón?

—No, el pasaje de genio a esmerado talento, fue casi imperceptible para la mayoría.

—¿Entonces?

—Después del concierto, el maestro pretendió que volviese a empezar: acordes, temas simples, canciones elementales. Técnicas para recobrar el espíritu, insistía el maestro creyendo alentarme. Se refirió al episodio como una crisis de sensibilidad que suele acompañar el crecimiento.

—¿Conclusión?

—Resolví abandonar.

¿Utilizó alguna figura metafórica?

—Sí, dije haberme alejado de la música como un adulto podría perder a sabiendas a un niño en una ciudad desconocida.

—¿Qué más puede agregar?

Belén no continuó el interrogatorio porque se quedó dormida.

Había vuelto a su diminuto apartamento para rever la secuencia de aquel sábado. Al despertar, comparó el ritmo del terceto con el tema de una canción. Líneas melódicas irregulares centradas en la emoción cambiante de los protagonistas. Quiero componer un *lied,* recordó haber dicho con entusiasmo frente a las puertas del Santo Grial.

¿Se puede esperar algo distinto a lo que sucede en el tercer acto de Tosca? En la ópera, el novio es fusilado.

El piano estaba en una sala despojada de muebles. Su último ejecutante debió haber sido muy alto; Belén hizo girar el taburete y les pidió a Lucrecia y Ezequiel que la dejaran sola. Necesitaba conjuros. La mancha había entrado y salido sin que ella pudiese intuir lo que ocurría. Siguió la rutina, cumplió requisitos, certificó documentos, avanzó por los pasillos del hospital, una banda de goma en el brazo, torpe jeringa buscavenas. No respire, la máquina destila radioactividad. Inmaculado el pulmón izquierdo. Secuelas varias. Autonomía perdida, adhesión al mundo del profesor, olvido de intereses. Vista y oído teñidos por las voces del pueblo.

LIMPIA LA TIERRA BALDÍA

Florindo entraba y salía del sueño, dormía de a gajos. Diez, cien veces la misma imagen en los párpados. Terminó echándole la culpa al cura Walczak. Desde que el cura había decidido internar a su madre, cada vez que cerraba los ojos la buscaba como buscó durante mucho tiempo a la recién nacida en la costa del río. Era indudable que dormía porque ni el mayor de los ruidos lo despertaba, pero también era cierto que sin mediar razón se obsesionaba con la idea de no volver a dormir nunca más. Eso creyó que iba a ocurrirle la noche que se encerró en el sótano. Tenía la sensación de volver al dormitorio: entraba al cuarto y veía a Teresa en la cama con su hermano, desnudos, conversando, las piernas a horcajadas. Sin embargo, cuando salió del sótano y se acostó en el hueco que los amantes habían dejado en el colchón, no le ocurrió lo que temía. Vacío, silencio, calor, la nieve oscurece al instante, negro en los ojos. Se durmió de inmediato, durmió como solía dormir cuando iba de cacería, de un lado brasas, del otro, cenizas: olor a hiel, a fuego, a devorar.

Limpia la tierra baldía, poco a poco el hombre del hacha fue sembrando el terreno. Dividió el fondo por zonas e hizo un largo camino para que los enfermos pasearan. Había sido jardinero en un cuartel durante la juventud y cuando lo tomaron de rehén, su costumbre de respetar la disciplina le salvó el pellejo. Recto, callado y laborioso. No se atrevía a escarmentar a los soldados aunque arruinaran a sabiendas su trabajo. Lo mismo pasaba en el loquero. Como el camino era estrecho, los locos tropezaban y caían sobre los plantines. Muchas veces volvían a caer sin tropezar, simplemente porque les gustaba la caída y les gustaba repetir la única frase que el jardinero decía: Tráiganme el hacha. El decir, exento de amenaza, fue instalándose como una muletilla.

Ocurrió lo mismo en el loquero que cuando estuvo en el cuartel, con el tiempo le permitieron plantar un seto de ligustros. Por instancia de la madre Kluger, que le convidaba masitas y hasta se las metía en la boca para que la tierra no ensuciara las "hostias", en lugar de embutir la mata de ligustros dentro de un animal armó una matriz de alambre siguiendo el modelo de la Virgen niña. ¡Bendito sea Dios!, dijo el cura Walczak al contemplar la obra terminada. Entonces, unos mellizos empezaron a burlarse creyendo que confundía patrona con creador. Con el sexo: risas siempre. Varios locos intentaron alzarle la sotana y el cura terminó embarrado e iracundo en medio de un cantero. Sin embargo, pudo el buen Walczak sofocar el enojo y erguirse ante la prueba que lo sometía el Señor: hacer suyo el rebaño de locos.

En un instante vislumbró la injusticia de privar al insano de creencia. El hospital tenía una capilla pero los dementes, considerados meandros del demonio, no recibían servicio religioso más allá de la extremaunción. Estaba en sus manos bendecir a la Virgen, agradecer al cielo y predicar:

Los últimos serán los primeros —entonó el cura, poseído por una nueva fe:

El Espíritu del Señor está en nosotros.
Me ha enviado a sanear
el quebranto del corazón

y pregonar a los cautivos libertad
a los ciegos color
a los locos razón.
Porque nada es imposible para Él. Su reino es
como el grano de mostaza
la más pequeña de todas las simientes
cuando crece
tiene el brillo de la luna.
Una sabia sonrisa puebla el alma
dando fuerza al débil
fe al desesperado
y temple al hielo
hijo del egoísmo y del engaño.

REMAKE

Lugar cerrado, sólo funciona en estado de quimera, piensa Belén y extiende las manos hacia los extremos del teclado. Dedos como espuelas de ave consentida, le decía su madre. ¿Cuándo tocó el piano por última vez? Ahora quiere interpretar un núcleo ácido, la cópula de los amantes. Nada más que cerrar los ojos para verlos. (El corpiño negro junto a la platería absorbiendo un poco de su brillo oscuro, la plata absorbiendo negrura). Lucrecia y Ezequiel de una vez por todas ante la tumba de la legítima esposa. ¿Equivocada?

Recuerdos de su cuerpo besado por el profesor. Un hombre mayor que Gautier, albino, miope, coleccionista de sellos. Navegante. Convertido en único heredero.

La sala del piano tenía un ligero color plomizo, azul el fondo del cortinado. Decadencia heráldica: pliegues, candelas, encajes. Osamenta y extravío. El cuerpo anciano parece piedra. Pasar al siguiente fotograma. Vista en picado sobre sus manos. Melodías: si te conmueves cierra tus labios para ahogar el temblor. No podrás tener dominio de todos los sentidos a un tiempo: no la curiosidad, el ansia, la duda, los apetitos, la risa.

Le ocurría desde niña, empezaba encerrándose y después no podía salir. En vano Ezequiel y Lulú golpearon varias veces la puerta.

Belén salió del encierro mucho más tarde; cuando lo hizo, un escalofrío recorrió su piel. Tuvo que caminar con las manos para que no se despertaran. Había un mapa del país del Norte sobre la mesa del comedor. Esperma en las montañas. ¿El mismo paisaje capturado por la *Polaroid*? Volver al lugar del crimen, el alba de la vida y su *remake*. ¿Quién hizo de la cuerda un péndulo? Una manera de conducir por donde no hay caminos.

El aumento de entropía está ligado a un aumento de desorden.

El instinto aventurero tiene sabor a pornografía, pensó Belén extrañada de haber dormido en un espacio diminuto: su propio apartamento. Lo había elegido unos meses atrás siguiendo un lema de Carolina: La inmensidad cabe en un recuerdo.

Belén, su figura coloreada por la fuerza de otros protagonistas. Boina, cabellos trenzados, ideas pletóricas, inconsistencia. Hasta el porvenir de la giganta parecía más claro. ¿Dónde estaba la mancha? Los mapas, la música, el viaje. Ella no conoce más geografía que su naturaleza: imberbe, expectante, crepuscular. ¿Cómo hace una joven para vivir sin el espejo de su contradicción? Sucio ojo de carne en tránsito.

LA CARTA

El padre de Carolina estaba retirado del servicio diplomático pero gozaba de los privilegios que algunas relaciones proporcionan. Belén obtuvo no sin dificultad la dirección de su joven madrastra. Fue de una embajada a otra, recordó nombres, cargos, referencias, y después de varios días ubicó a la familia. Al inicio, observó en ellos cierta dosis de reserva; luego, se dieron cuenta que el interés por la dirección de Carolina provenía de ella y no del señor Gautier, a quien la muchacha había abandonado como a tantos otros hombres. Los padres sabían que su hija se dejaba llevar, prometía lo que luego no podía cumplir o simplemente olvidaba. Nunca fue alguien fácil de convencer, incluso recibió severos castigos pero no parecía domesticable. Desde muy niña había tenido que desprenderse de sus primeros amores. La conmovían los traslados. Se ocultaba dentro de los muebles y sus padres tardaban en encontrarla debido a la complicidad del personal de la residencia. Carolina tenía la capacidad de sentirse cómoda en cualquier sitio, mostraba una disposición alegre, sin frenos para establecer uniones. Estaba dotada de inmediatez, ese ángulo próximo a la felicidad que algunos seres engendran porque se mueven en el mundo sin segundas intenciones, con plena noción de ser mortales. Seducen a pesar de ellos mismos, sin fórmulas, seguros de conocer el sabor que el paladar anhela sentir al ser recorrido por la lengua, la consistencia de los bocados que desean morder, el espesor de la almohada donde quieren dormir.

Como si los encuentros tuvieran esperanza real, cuando Carolina se unía a alguien era tan verdadera que nadie podía prever en ella la repetición de un ciclo. Parecía tener una brújula cuyo eje mayor señalaba el desencanto. Antes de la cristalización de ese signo, se iba. Sin dar pistas o sembrar sospechas de que se iría, ajena no sólo a las consecuencias sobre terceros, también a los efectos que caerían sobre ella a partir del momento en que cerrara la puerta dejándolo todo, incluso los cuadros en los que había pasado horas para atrapar un tono. Se iba de la casa donde hasta un minuto antes había sido alma y demiurgo, donde habría debido vivir adversidades, formar un ser común en el bien y en el mal, siguiendo el modelo de sus padres. Siempre dispuestos a cultivar viejas relaciones, aunque a lo largo del tiempo las ciudades y los idiomas se volvieran similares a figuras cubiertas de bruma y nada les asegurase el reencuentro con alguien conocido diez, veinte años atrás. Los padres de Carolina anhelando volver mientras la hija escapaba como había escapado de ellos las veces que intentaron, no reeducarla, porque hubiera sido una tarea además de imposible necia, sino convencerla para que los visitara algunos días, aunque fuesen escasos, sin la amenaza de un adiós sin despedida.

Después de tantos días sin vernos (Belén los había contado hasta llegar al número cuatrocientos), *tal vez ninguna de las dos sepa quiénes somos* –comienza la carta que va a enviarle a Carolina.

LOCURA Y BEATITUD

—Tiene la cabeza del rey de los felinos, el vientre de la cabra y la cola del dragón, vomita fuego y se llama Quimera: un fenómeno hembra y macho —le explicaba el hijo del dueño del diario al jardinero, con ilusión de cultivar calas en un monstruo de alambre construido a ras del suelo.

Desde que lo habían internado, Belén visitaba a Fabiano todos los domingos. Espontáneamente, algunas intimidades le fueron reveladas porque Fabiano decía que Belén era su hija.

No tardó en distinguir a los mellizos por el color de las encías, se llamaban Primero y Segundo. En el pueblo no había otros, ni plagio ni duplicación: únicos, incomparables, huérfanos sin duelo. Contaban que habían sido abandonados por el padre antes de nacer y por la joven madre después de haberlos parido. El Padrino los heredó y, aunque las malas lenguas pensaran que su padrinazgo era un disfraz, poco tenía que ver el hombre con la traición, insistía Fabiano. El Padrino había pagado las deudas de juego del malaventurado director para que alojase a los mellizos en el hospital y había vuelto a pagar cuando los mellizos, aburridos de ser espectadores de lo visible, decidieron mudarse a la parte de atrás para vivir con los dementes.

Los electrones coalicionan con los átomos y ceden su energía que aparece en forma de calor.

Ave María purísima, exclamaba la madre Kluger cuando Belén aparecía. Oscuras las uñas de la vieja. Sus sienes cubiertas por una mantilla también lucían moradas. De animales el reino: moluscos de pura sangre, mariposas las hostias transparentes.

El círculo del horno había sido techado con ayuda de Florindo. En los días de lluvia algunos internos oían misa desde el refugio. Locura y beatitud. Éxtasis evangélico. Circuitos de luz vegetal y otros automatismos. Incipiente, sedosa metamorfosis.

Una locuacidad sin atenuantes iluminó al cura Walczak: no se limitó a repetir la fábula del origen y los mitos paralelos. Conmovido ante el rebaño, prometió curar la dimensión del dolor evitable. Su decir estuvo acompañado por la inclusión de un médico de campo hábil en conjeturas. El área menos podrida del alma del pueblo experimentó interés. Lo que era excepción se volvió regla. Elegidos del Señor en su demencia, los locos empezaron a perder el carácter de condenados. Las familias de insanos, aguijoneadas por los cambios, le aportaron al médico detalles hasta entonces no pedidos. La constante era llevarlos al hospital una y otra vez, y una y otra vez dejarlos en manos de los que decían y decían: No hay remedio.

Mal humor, desorden. En los ficheros desperdicios, ratas, arena. Nunca hubo registro de enfermedad. Ninguno tenía una historia clara. Un día imprevisible y azaroso, ante algún desafuero, no tan bestial como el del hombre del hacha, habían sido depositados en el hospital.

No todos eran locos, pero con los años se habían vuelto raros. Si no hubiera sido por el cura que en pocos meses les quitó esa pátina de extrañeza, habrían permanecido cegados como se ciegan los ojos de los presos antes de la ejecución. Eran tiempos de cambio. Así fue como el pueblo permaneció silencioso ante la suerte de Florindo. Vencido y abandonado. A nadie le importó que su hermano lo burlara. Ninguno ejerció maledicencia porque el joven más temerario del pueblo hubiera sido traicionado. Nadie preguntó nunca por Teresa.

Florindo leyó en el corazón del cura y de la madre que lo necesitaban. Puso ingenio en cubrir el cielo para que inocentes mandíbulas masticaran bendecidas alas de mariposas.

UN ESTILETE

Roberto no odia a los hombres que se aproximan a Teresa, simplemente está alerta. Son adversarios, no enemigos. Se contenta con espiar. Vigila, hurta, huele en las miradas el desafío, los piropos, la codicia. Entra al cuerpo de su mujer llevado por el ansia de atrapar secretos, fantasías.

Teresa cambió desde que huyeron del campo. Parece una mujer distinta, más reservada, una mujer que atesora lo que siente y evita mostrar placer. Como si cada expresión la privara de éxtasis o el éxtasis sólo pudiera alimentarse en un espacio mudo.

Las promesas cautivas en el dormitorio donde nunca supieron que habían sido descubiertos y junto a las promesas el ardor. Ese ardor insaciable que está hambriento de hambre y maldice la obligación, el deber marital, la brutalidad sin palabras de Florindo en medio de la noche.

Teresa le rogaba a Pata de Bolsa que la llevase lejos, porque entre un hombre y una mujer el único infierno es olvidar la tentación. No es que ella la hubiese olvidado; de sólo pensarlo a Roberto se le abría la úlcera. Cada pensamiento un estilete. Sólo la primera noche, los primeros días, a pesar del frío ella se desnudaba. Al principio no había cambiado. Recorrían las calles del centro buscando un lugar para vivir. Después se fue poniendo arisca. Se dejaba vestir y desvestir pero enseguida, bajo cualquier excusa, tenía puesto el camisón bordado. No había traído otra cosa del ajuar.

En un arranque de furia Roberto pensó en quemarlo, pero el fuego le trajo el recuerdo del hornillo y el hornillo al batón y el batón a su madre y su madre a Florindo y Florindo a la higuera y la higuera al alambre y el alambre a la camisa roja que veía desde el camino mientras contaba los pasos que había entre la casa y la tranquera. No la distancia en metros sino los pasos de sus pies envueltos en bolsas para que no dejaran huellas.

No se pregunta si Teresa piensa en Florindo, descarta la posibilidad. Esa inquietud está vedada de la misma manera que silenció las acusaciones que habría podido hacerle a su hermano sobre la niña.

Durante la infancia, frente a la obsesión de Florindo, Roberto le aseguraba que no iba a permitir que lo enterrasen vivo. El vaho del aliento en el espejo, un tajo a la altura de la frente que es donde más sangra.

Todavía son adversarios, no se han convertido en enemigos los hombres que rodean a Teresa. Cuando termina el turno en el frigorífico la siguen, la invitan, la convencen para que vaya a las reuniones del sindicato. Las reuniones contra Walczak. Los obreros a quienes Walczak desprecia levantando la voz como si fuese el dueño. Insulta, olvida que es un pobre capataz. Enrojece y se le hinchan las venas cuando trata de explicar la cantidad de motivos que tiene para echar a esos inútiles, cabezas negras de humos, ciegos por las arengas de un Coronel.

Si un material fuese un conductor perfecto, las cargas circularían sin ninguna resistencia. Por su parte, un aislante perfecto no permitiría que se movieran las cargas.

NEGATIVO

Abrazar al amante, ser benevolente con el ritmo de su deriva sexual, componer un *lied*, salir del aislamiento, escribirle a Carolina, leer los ensayos genéticos del profesor, observar los desmanes de Lucrecia, permitirles indistintamente a uno o a otro trenzar sus cabellos. Dejarse acariciar, no oír las quejas de Ezequiel sobre la incomodidad de estar entre dos mujeres:

—Tengo la sensación de ser burlado permanentemente.

—Es inevitable.

—¿Por qué?

—Forma parte de la condición del tríptico.

—¿Con tu novio...?

—¿Desde cuándo he vuelto a tener novio?

—Perdón.

—¿Se trata de Guido o de uno nuevo?

—¡Basta Belén!

—¿No puedo hacer un chiste?

—Negativo.

También fue negativa la respuesta de Ezequiel cuando Belén sugirió viajar a los Balcanes. Ya le había escrito a Carolina diciendo que iría a visitarla. Romper esa promesa le pareció doblemente válido. Sin desobedecer el consejo paterno, introdujo otra variante: en lugar de desaparecer como Carolina, no aparecería.

Lulú, a diferencia de Belén, no se conformó con la negativa, quiso saber por qué había elegido viajar a los Balcanes. Belén terminó mostrando algunas postales que el padre de Carolina le había regalado. A pesar de haberse referido a los monasterios y las iglesias de piedra blanca con entusiasmo turístico, no pudo engañar a Lulú:

—La Mesías debería aprender a mentir —fue su comentario.

Carolina vivía en una aldea de pescadores situada a pocos kilómetros de Boca di Cátaro. Recibió la carta de Belén y respondió a vuelta de correo. No se detuvo en disculpas, sin embargo fue sensible al patetismo de la hijastra: *Siempre sabremos quiénes somos, aunque no volvamos a vernos*.

Carolina escribía que estaba estudiando serbio, una lengua eslava en la que los adjetivos y los sustantivos tienen siete declinaciones. Junto a la carta, le envió algunos bocetos de su trabajo: *No existe en el planeta un sitio con historia más compleja, de tradición artística y guerrera, un contrapunto ideal para descubrir el valor cromático del rojo: sangre de hermanos*.

LA VIDRIERA DE CAÍN

Cuando Carolina abandonó la estancia de los Gautier, el estrabismo de Belén comenzó a multiplicarse. "Ojos en fuga", le dijo Fabiano sorprendido de que lo visitara durante la semana.

—Leo bien —preguntó señalando un cartel pegado en el portón del hospital.

—Sí, lo hice yo. Estás invitada a *La vidriera de Caín.*

Unos días antes, desde el púlpito, el cura había evocado a los hermanos bíblicos. Debe haber sido para inscribir el drama de los Kluger en un género menos trágico, fue el comentario del hijo del dueño del diario:

—Walczak es recurrente. El adulterio es un desvío menor.

El resto se fundía en la memoria de la púber, un collage de voces, rostros, rumores que apenas llegaba a comprender.

¿Quién no sintió escalofríos ante el cartel pegado en el portón del hospital anunciando *La vidriera de Caín*?

Desde hacía algunos meses, gracias a la destreza del médico de campo, los pacientes participaban más. La introducción de pequeñas libertades motivó grandes iniciativas. El rigor de los locos, su purismo, el afán por convertir cada acto en una ceremonia, hizo que pidieran ayuda a Florindo. Así como Florindo había techado el altar, les fabricó una urna. Ante toda situación nueva procedían a votar: eso hicieron con el nombre de la muestra navideña. Tenían cuatro alternativas, dos referidas a los hermanos, las otras a exclamaciones que hacía la vieja Kluger cuando sorprendía a los dementes manoseando sus hostias.

—¡Necesito una vitrina!

Ante lo cual algunos replicaban burlándose:

—Las hostias necesitan vitrina.

Y ella:

—Los locos necesitan vidriera.

Entre *vitrina—vidrieda—Caín* y *Abel*, la votación favoreció a Caín pero, como los mellizos dijeron que ese nombre flotaría en medio del público, sumaron *La vidriera* para darle mejor encuadre.

Los locos fueron conociendo sus derechos a través de la lectura del periódico y el programa radial del legista Nofrul. Ante las críticas del director del hospital sobre *La vidriera de Caín* amenazaron con hacer una huelga. Nadie los tomó en serio, tampoco se atrevieron a contradecirlos.

—Como el único asesino es el hombre del hacha —terció el cura—, si *La vidriera de Caín* no hiere los sentimientos de ese pobre pecador, lo mejor será respetar la elección.

Walczak estaba muy sorprendido porque el nombre que habían inventado pertenecía a la historia de la religión. En una antigua Catedral inglesa —según textos y símiles que el cura había visto durante su época de seminarista—, *La vidriera de Caín* exhibía al asesino en una actitud similar a Teseo contra el Minotauro. Caín estaba inclinado, el pie izquierdo sobre el pecho de la víctima moribunda pero aún con fuerza para blandir hacia el cielo un árbol arrancado de raíz.

Walczak siempre se había detenido en aquellas pinturas: Caín labrador ofreciendo espigas y frutos al Señor, Caín con las manos ensangrentadas, Dios entre nubarrones, la centella. Los hombres deberán apartarse de él, nadie podrá matarlo sin sufrir un castigo siete veces mayor. *Posuitque Dominus signum.* Caín con la señal en la frente camina por el desierto al lado de su mujer: *Profugos in terra.*

> *Si el Señor desprecia mis frutos, ofreceré al Señor carne de mi carne para saciar su gula, pensó Caín y obró en razón de la carnívora preferencia del Déspota.* Sola fide, sola litera.

El cura evocaba el capítulo 4 del Génesis, los versículos tres, ocho, diez, quince. Recordó también el diecisiete: *Et evificavit civitatea.* Una ciudad construida por Caín.

El autor de los símiles se había inspirado en lo que veía a través de los ventanales: gótico tardío, Bleston anterior a la época anglicana. Una obra de valor documental, fiel réplica de la ciudad en el siglo XVI: edificios con predominio de líneas perpendiculares, escasez de curvas, bóvedas en abanico.

—En el cuadro, tenían un lugar de privilegio el Puente sobre el río Slee y la Catedral, antigua fortaleza ortodoxa donde se exhibía *La Vitrina de Caín*— contó Walczak.

TERCERA PARTE

OLOR A ENCIERRO Y ALCOHOL

La primera traición no había acontecido. Sobre Ezequiel recayó el estigma de cierta incomodidad, sin embargo se mantuvo leal al trato que tenía hacia cada una de ellas.

—Siempre ellas, voraces, gorgojeantes, delicadas.

Igual que en el loquero, los cambios habían sido mínimos, no así las repercusiones. La mansión de los abuelos se abrió a las mujeres y las mujeres empezaron a moverse con soltura creciente. Disponían del esplendor del Santo Grial, iban y venían resueltas a no mudarse para evitar los sinsabores de la convivencia.

Una tarde, Belén entró a su apartamento y encontró a Guido en medio de un revoltijo de papeles. Tenía la camisa arrugada como si hubiera estado horas dando vueltas sobre la cama. Belén no había dormido allí la noche anterior. Después de presenciar el estreno de la ópera *Don Giovanni,* Ezequiel le pidió que se quedara con él:

—Los estadíos del anhelo —le susurraba al oído, ajeno al mesurado público del teatro—. La seducción como principio: Don Juan es quien mejor lo encarna. Mientras los griegos perseguían el espíritu, Mozart encontró en el amor sensual una forma de fidelidad. ¡No es posible amar a una mujer sin amar a todas!

—¿También a la giganta?

Aún tenía la llave del diminuto apartamento en la mano. Iba a recoger un sobre y volver a salir porque le gustaba leer en bares. Su padre solía enviarle largas cartas y el diario donde publicaba artículos sobre teoría de la música. En el ambiente del Club Social del pueblo, Gautier era estimado por su melomanía. Captaba la atención de jóvenes perdidos, ¿Diógenes tras un tutor?

Belén al escribirle a su padre no había mencionado la mancha en el pulmón izquierdo. De haberlo hecho sus hermanos habrían ido a buscarla. Gautier no. Cuando se alejaba unos kilómetros de la estancia, volvía diciendo que la estancia era su caparazón. El mito del caparazón lo atraía como un imán. Siempre le faltaba el aire en las grandes ciudades. Dos veces había ido a París sin poder salir del aeropuerto.

Belén omitió la mancha, no quería poner al padre ante la disyuntiva de odiar su coraza.

Tenía la llave en la mano. La escena del revoltijo estaba a la vista. ¿Cuál sería el argumento? Descartó una mala noticia, en ese caso Guido no habría revuelto sus papeles: el consuelo en los labios. Había sido muy tierno cuando murió su madre. Belén estaba en el colegio, era cerca del mediodía; al ser llamada tuvo un mal presentimiento. No fue inmediatamente a la Regencia, se desvió hasta el aula donde cursaba uno de sus hermanos. Al ver que Guido se ponía de pie supo que algo fatal había ocurrido. Juntos escucharon a la directora que no paraba de decir: El caballo la tiró, fue horrible, no debe haber sufrido, hay que agradecer, era tan joven, quién podría imaginar, pobres hijos, tu padre está desconsolado, ¿qué van a hacer sin ella?, ¿de dónde sacar fuerzas?, nada es peor que la madre, nunca se sabe qué hacer en estos momentos, tu hermano no quiso oírme, le pedí que esperara pero se agarró la cabeza y salió corriendo, por favor, Guido, ¡acompañala!

Sí, había sido muy tierno, ¿cómo olvidarlo?

Los tropismos son movimientos subterráneos donde se originan el humor, la intuición, los actos leves.

Olor a encierro y alcohol. El placard vaciado, libros, revistas, cajas, sobre la mesa una mochila, fotos desparramadas por el piso.

Los últimos meses los novios se habían distanciado. Él ya no la besaba. Una obsesión el contagio, la saliva. Ella en silencio, invadida por múltiples advertencias, el riesgo de tener boca, de abrirla.

Ninguno habló. Pensamientos elementales, conjeturas. La escena estaba a la vista pero Belén ignoraba su papel. Conocía a Guido desde pequeña. El pueblo entero de testigo. Compartían secretos, maestros, reuniones, amigos. En las funciones de cine, él pelaba un caramelo y se lo ponía en la boca. Ni siquiera sabía cuándo se habían hecho novios. Él le llevaba cuatro años, era hijo del farmacéutico del pueblo, aprendieron juntos a bailar pero ninguno quería. Iban a caballo hasta la laguna y algunas tardes, besada, ella pensó que era el amor. Después Guido viajó para estudiar y aparecieron los *not yet*. Escasa correspondencia porque no le gustaba escribir. Volvía al pueblo en las vacaciones y cuando volvía se daban los torpes intentos, el forcejeo sexual y la difícil entrega. Una vez, antes de partir, muy serio le dijo que habría preferido conocerla de grande.

Cuando Belén llegó a la ciudad, su tiempo estuvo cautivo en el decálogo sanitario: la mancha, el profesor, las consecuencias. Ezequiel había decretado la ruptura del noviazgo y ella sintió alivio ante el decreto. Lo demás formó parte del vértigo: conocer a Lulú, encontrar a la familia de Carolina, conseguir una autorización para viajar al extranjero. El azar, el diagnóstico, el fallido ingreso a la universidad precipitaron su vieja adherencia por la música: lo demoníaco.

El desorden del apartamento orientó a Belén:

—¿Buscabas algo?

—¡Sí! Tus mentiras.

La máquina del adiós es prodigiosa, con un gesto incita al crimen, a la amistad eterna, al sexo fácil, a la nada. La intención de Guido era perdonarla. Ella sólo habría debido mostrar sumisión pero estaba absolutamente fuera de personaje. Espectadora de un recurso olvidado por Ezequiel: la insistencia, los reclamos, las promesas. Típico de un viudo pensar que el otro no existe.

Había cosas que Guido no podía admitir –admitió– y sobre las cuales prefería no hablar:

—Lo mejor sería empezar de nuevo.

A Belén le dio risa la idea. No discutió, todas sus ocurrencias le parecieron falsas porque nunca había dejado de querer a nadie. Guido estaría siempre en su memoria como Carolina en la de su padre. El amor: un palimpsesto. Cobijo de encantamientos raídos.

EL BARRANCO

—Eso del Cristo en cruz, ¿a quién le da consuelo?

—decía la vieja Kluger.

Me ilusiono y después: después maldigo. Cuestión de truco el hueso. ¡Diga que se arrepiente! Quiero que la devuelva Señor cura, tanto dolor es feo. ¿Quién inventa el martirio? Ni usted mismo lo sabe. Chupa tripa el aliento. Tiene que bendecirla Señor cura, usted no la vio siquiera. Déjese de locos y bendiga: *Miserere nobis*. Tire la sotana en la pocilga. Déjelos sueltos, que se apareen juntos. Echan mano a las hostias los roñosos, yo no les hablo y miran. Miran con hambre, la tempestad en el estómago, baboseadas las manos, si hasta se ríen. Lo tiraron al barro, el culo al aire, se reían del culo y usted bendice. ¿Dónde hay marcas azules? Sólo la vi dormida, carita de delfín, mi única hija. Esos locos me zumban. A rezar les enseño. ¿Y la sotana? ¡Madre!, me dicen. ¿Que si los he parido? Ni ese recuerdo tengo. ¿Cómo es parir? ¿Que nazca muerte? Haga las cosas bien, bendiga el agua así se abuena y la devuelve el río. Sólo quiero a la niña. Toda la noche igual, mucha oración y en el medio del sueño voy hasta el barranco. A usted le digo la verdad mi cura, las aguas claman, me piden que entre en lo hondo: flotan los peces muertos, la carnada, redes de pescador, olor a agujero. Yo desato las sogas y camino, camino tan lento que ni asomo. Cuando hay barro, muñones, chocan las pezuñas. Él también se despierta, olisqueando resopla, dulce la bocanada, tiene los dientes negros, muerde los dedos de hambre pero se aguanta. ¿Que si mató? ¿Quién sabe? ¿El hacha? Hizo la Virgen, padre, puso las flores dentro, nunca se enoja, va muy despacio, con la distancia alerta. Yo no me cuido de él, también la busca, lo dijeron los locos: Está en el fondo del río, si la querés buscala. Toda la noche igual, de rodillas y en el medio del sueño tranco ventana y puerta. Nunca sé donde cierro porque los locos gimen. ¡La inyección en la vena!, eso gritan al verme. ¿Ahora soy enfermero? Voy hasta el barranco y que me vea el que quiera. Corro ligero, sabe, ya le van a decir. A veces en el apuro me olvido de rezar. ¿El cielo? Para qué la creencia si el dolor no se quita. Quíteme este dolor, hágalo a un lado. Sería capaz de todo. Deme la niña pronto, es tan chiquita que la vuelvo a parir si usted la encuentra.

Primero vinieron las alas, después el ángel.

PEQUEÑAS EXPLOSIONES

La ciudad impuso sus leyes de vorágine. Teresa hubiera querido ir al cine todas las semanas, pero no. Trabajaba en el frigorífico con Roberto, se veían poco, cada uno en su sector. Él volvía tarde porque no respetaba la huelga. Amenazado, sin beneficios, ningún amigo más allá del capataz: otro ciego. Walczak procedía como inglés, no escuchaba las quejas de los carniceros; cuando había animales apestados, en lugar de quemarlos, vendía la carne enferma.

Teresa había tomado la costumbre de esperar con la comida. Madreselva en flor. Una dieta que haciendo malabares lograba mantener a punto: ida y vuelta por la galería de la pensión, cocina a kerosene, sistema de bombeo, pequeñas explosiones.

Cuando una mujer se propone curar el malentendido de una úlcera, la salvación asoma en sueños: vanidad donde menos se espera.

Cada vez se entretenía menos escuchando la radio, ya no copiaba letras de canciones. En la única película que había visto mostraban la historia de una cantante rubia y vencida. Teresa recordó que la actriz era idéntica a la directora del colegio: gorda, tetona y seria como una nuez. La directora había tenido que teñirse el pelo de oscuro porque algunos muchachones al verla, fingiendo tocar la guitarra eléctrica, repetían con más sorna que Wilson: La condenada gorda ha muerto.

Por respeto a su madre, Roberto le pidió a Teresa que no volviese a pisar el sindicato; él que había jurado en el tren no mencionar familia para ahuyentar recuerdos. Se maldijo después por haberse dormido. Con cambiar de vagón se le habría escapado: Una mujer así va con cualquiera. Eso quería pensar, paladeaba sus celos, los veía crecer, darle cosquillas, deslizarse sinuosos como las porquerías que le decía en la cama a la hembra más puta, la mujer del hermano. Palabras del quilombo, ese lugar sagrado que hasta el cura velaba. Unas cuantas negras sueltas, desgreñadas las crenchas, cerca de la estación, putas borrachas bailando chamamé, los pies descalzos. Todos siempre callaban pero sabían que hasta el gobernador se echaba el trago. No era sólo el revuelque. ¿Si se apostaba? Hubo quien se jugó la estancia entera. ¿Y el jardinero?, la mató con el hacha el muy cretino porque se la chupaba una renguita. Una provocación todas las tardes. Por la vereda del quilombo del brazo de la esposa se reía fuerte de las putas hasta que la renguita le tiró los calzones en la cara. ¿Qué explicaciones dar? ¿Cómo hacerle creer a su esposa que no la frecuentaba si le había tirado los calzones? Ni la conozco, dijo con las puntillas en la cara. Roberto fue esa noche y le contaron, la renguita feliz en el quilombo por haberse burlado del desprecio. Ya no aguantaba más que el jardinero le dijera: Deforme, podrida, calentona...

Roberto también se maldecía por lo del sindicato. Habría debido callar. Antes la tenía a mano, se reunían en un galpón cerca de los camiones. La fe en el líder, cuatro latas y arriba el Coronel. Lo escuchaban por radio, la foto en la pared, alta la frente, como si el mismo Dios los protegiera.

> *Con el apoyo del excelentísimo señor Presidente de la Nación, he aceptado la responsabilidad de tomar a mi cargo la defensa de la clase trabajadora (arengas y aplausos). Entiendo esa causa y esa defensa tal como la entienden los soldados y la resumo en estas palabras: Defenderla hasta morir si es necesario (arengas). Trabajar para todos, para que nadie en esta tierra generosa y altiva sienta la angustia de ser socialmente debilitado (aplausos). Llegan hombres y mujeres desde todas las provincias alentando la confianza de un pueblo defraudado que comienza a creer en la justicia social y a sentir por primera vez en la historia el orgullo de ser argentino (bombos, arengas, aplausos).*

Cuando se enteró el capataz, puso una cara...

—¿Para qué le prohibiste? Ella sola iba a tropezar con la verdad. Es sospechoso que de un día para otro haya dejado de ir con los muchachos.

Teresa obedeció. Al terminar el turno sonaba la sirena y desde cualquier sitio, siempre acechando, Roberto la veía camino a la estación. ¿Tomará el tren? Salía del frigorífico, iba derecho, tal vez alguien la esperara en una esquina. Alta y hermosa ¿quién va a dejarla escapar? Todo hombre codicia, la boca en el escote, ella se saca el uniforme, hace calor, ese cuerpo inocente de rubia sana, yo se la robaría hasta al Coronel.

Obedeció, pero cuando se miraba al espejo veía una mueca amarga. Dicen que fue una monja quien inventó el alambre de púas. Para Teresa, el sindicato era otro cantar: las mujeres no se fijaban en los hombres, ellos tampoco, ni ropa ni peinado, hablar bien alto, perderle al mundo espanto.

Tenía una mueca amarga como la tarde en que Florindo hachó la higuera. Flameaban una camisa roja y varias prendas. Él puso en marcha el motor y ya salía cuando encontró al peoncito cortando brevas. Se iba solo hasta el pueblo. Era domingo. Pocas veces lo acompañó Teresa. Ni una palabra hasta llegar al loquero, nada se le ocurría decir porque Florindo: Si la cosecha, el cielo, las langostas... No atendió a los perdones, ni siquiera escuchaba. El peoncito al galpón, cuando vio el hacha se trepó a los tirantes. La ropa por el suelo, cimbronazos. Era verano, Florindo a la siesta la buscaba despacio, de noche la agarraba. Ella se hacía la dormida y él enojado daba vueltas y vueltas en la cama. No le gustaba ese hombre, no lo quería, lo supo en la fiesta misma de la boda. Primero sintió la tentación de ese dominio, pero sólo era dueño del dominio. En su casa le habían advertido: Es bruto, ¿no te das cuenta?, los Kluger son analfabetos. ¿Cómo iban a perdonarla si estaba con el hermano?

SNAPSHOT

La primera traición había acontecido, hubo signos, pequeñas alusiones.

Ellos necesitan pausas para volver a estar juntos. Después de escuchar *Don Giovanni,* Ezequiel y Belén pasaron por el desván de Lulú y le dejaron una nota diciendo que tenían una sorpresa: el disco de la Opera.

Como si formaran parte de una familia *under*, sobre la cama: dinero, esperma y alcohol. Tienen conciencia de las discrepancias, las comparten. Lulú es experta en extraer conclusiones bizarras.

El día siguiente al desconsuelo de Guido, cuando Belén llega a la mansión siente alivio de saber que Ezequiel nada le preguntará hasta que ella no hable. Tirar al cenote la curiosidad. Opacos sus ojos felinos, sin pluma el esqueleto fósil.

Belén no habla de lo ocurrido, desde su más temprana infancia aprendió a callar, precozmente supo que los mayores tóxicos eran digeribles. Rota la cápsula del milagro inverso: rota la cápsula apocalíptica.

(Ezequiel estaba dotado de espíritu científico, amaba la Biología y la Genética).

(Lulú era adicta al espasmo ajeno. Domadora de anfibios: experta en convertir el pescado en pez).

(Belén disponía de esclusas para aislar estados de ánimo. Inventaba ritmos, blancos. Sordina).

Ezequiel y Lulú no interrumpen el encierro de la joven. Hay confianza en lugar de espejos. A hijos avaros padres mecenas. Beben y escuchan el *Atto Primo: Leporello, passeggia davanti alla casa di Donna Anna.*

Miradas cómplices, toqueteos, sobrentendidos. No tardarán las aves de la sonrisa en alcanzar los labios de Belén. Su boca convertida en fetiche de amantes cuando narra:

—Soñé con un árbol de girasoles, estaban vivos.

—Siempre lo están —acota Ezequiel.

—No vivos en sentido vegetal. Se trataba de un árbol muy alto completamente florecido, necesité apoyar una escalera sobre la tapia para cortar un girasol. Hasta ese momento no había notado ninguna diferencia, era natural que una flor grande naciese de un árbol de gran tamaño. Me alegraba tener un girasol mirando por la ventana. Luego empecé a caminar y la flor se escabulló de mi brazo, intenté levantarla pero se había adherido a la tierra, la arranqué con mayor esfuerzo que la primera vez, su tallo tenía ventosas, era de consistencia similar a la de un caracol marino. Fue una verdadera lucha porque mientras yo tironeaba la flor se escurría. Cuando llegué a la casa no hubo forma de mantenerla quieta, se movía y al mismo tiempo su naturaleza de caracol iba anulando el amarillo de los pétalos. No tuve más remedio que comerla mirando por la ventana que no tenía vidrios transparentes sino un inmenso *vitraux*.

En la habitación resuena la ópera, el sueño, también el ruido de una copa al caer y el tintinear de vidrios.

—Tenía música el sueño —pregunta Lulú mientras ayuda a Belén a secar el líquido.

Un redondel azul rueda hasta los zapatos de Ezequiel. Extraña forma de desprendimiento: intacta la base de cristal.

—La giganta lo usaría de anillo —dice el profesor mirando la escena a través del orificio donde se insertaba la copa.

—Nunca pensé en el sonido de los sueños. Ruidos, seguro. Música, no sé. A veces algo se golpea, escucho el viento, la lluvia. Por ejemplo, la caída de la copa habría sido igual, incluso el desprendimiento del aro.

—Según una leyenda, Muqaddasi al Safer pudo atravesar el misterio del sueño. Está escrito. La giganta conocía de memoria el *Diccionario Jázaro*. Leyendo ese libro aprendió el idioma serbocroata. Lo había leído tanto que las hojas tenían la textura del cartón.

—Pudiste verlo —inquiere Lucrecia denunciando que le parece una exageración.

—Serbocroata —pregunta Belén pensando en Carolina.

—Sí, positivo a las dos. Calma. La giganta leía untando la punta de sus dedos en sal. Esa fue la razón de la metamorfosis: las páginas absorbieron sodio.

—Cada día se vuelve más interesante tu crucero. ¿Con qué tipo de armas cazaban sueños?

Belén y Lulú están sentadas en un sofá de un solo cuerpo, Ezequiel en uno de cuatro. Belén prefiere los apoyabrazos aunque termine poniendo los pies sobre el asiento.

El profesor ve a las dos mujeres expectantes. Asoman los dedos de Belén entre los pliegues de la pollera de Lucrecia.

¿Cómo no envidiar a Sherezade?, la retórica de progresión geométrica que mantuvo en suspenso al criminal más temido.

(El toque carolingeo que Ezequiel imprime al relato de la giganta distrae a Belén. En el pecho, su apartamento en brumas, el revoltijo de papeles, Guido: *faded*).

Los cazadores eran una secta de sacerdotes tutelados por la princesa Ateh. Habitaban los sueños de otros hombres como quien se pasea por un jardín privado. Entraban con facilidad pero al salir sentían un agotamiento semejante al de los escultores. Los escultores, insistía la giganta, cuando terminan una figura de piedra se ven fatigados pero igualmente urgidos por buscar otra ladera para seguir dando forma a las rocas, en ese intervalo, respiran como si hubieran perdido el recuerdo de su propia respiración.

Hasta los mínimos gestos de los cazadores estaban dificultados por el cansancio. Permanecían en la morada crepuscular dedicados a encontrar objetos, animales o personas a quienes domesticaban con diversos métodos: técnicas que exigían el mayor cuidado o la mayor crueldad, de acuerdo a la naturaleza de cada cazador.

La giganta mezclaba las historias, le era indispensable recorrer todas las palabras que se agolpaban en su garganta. Si una quedaba apresada, las otras tomaban un curso erróneo y lo que salía de su boca no tenía valor.

—Creo que al soñar cambié de naturaleza. El girasol fue un rito de iniciación. Mis ojos tenían dientes, masticaban —irrumpe Belén para quebrar el encantamiento.

Ahora el interés irá hacia otro tema: la comida, Mozart, el idioma serbio o quizá vuelva al sueño después de una pausa. Belén tiene la impresión de que las secuencias largas de repente se tornan patéticas. Prefiere romper el clima, no internarse en el océano, dibujar una isla, condensar presente y pasado: técnicas de *snapshot*.

¿Acaso no hay primaveras en las que el cielo parece
un reproche?

(La giganta poseía un don que Ezequiel, sin duda por su oficio de profesor, estaba capacitado para transmitir: el don de cautivar a quien tuviera a su lado).

(Belén era maestra en lo contrario, su lema: evitar el *freeze frame)*.

SUAVES COMO TELARAÑAS

Muda en la cama para apartar recuerdos, mordiéndose los labios, oyendo que era hermosa y él la deseaba tanto. Cada vez más pálido, ojeroso, las manos de un artista cuando la acariciaba. Suaves como telarañas. Roberto quitándole la ropa le decía: ¿No ibas a estar desnuda, siempre en la cama, esperando que vuelva, rogando que te haga mía, que te enloquezca? Sos libre, así te quiero, de eso me enamoré, todo mi amor para una sola mujer: la puta de mi hermano. Entregate a cualquiera, yo no voy a sufrir, quiero volver un día y que me cuentes que estuviste con otro. Sé que lo callarías, conozco tus embustes. ¿Te arrancaba la ropa? Pobre Florindo, ¿cómo pude creerlo? Querías venir a la ciudad para ir al cine. Lucirte por las calles. Lo importante del cine es que está oscuro y pueden manosearte como lo hacía mi hermano. Yo estaba atrás de ustedes, ni miré la película, los oía gemir como animales. Te voy a hacer acordar cómo lo hizo: sedoso entre las piernas, despacito. Primero te negabas, ofendida. Nos vamos a casar, dijo él confiado y se te volvió a echar encima. ¿Si iba a defenderte? Nunca de lo que te gustara, y te gustaba rubia, te gustaba... Jadeabas más que hoy.

No el hambre ni la sed sino el amor, el odio, la piedad, la cólera, son los sentimientos que arrancaron las primeras voces.

RCA VÍCTOR

La radio se convirtió en el entretenimiento más eficaz del hospital. Los locos siguieron el caso Bucherol con ilusión de que el inmigrante tartamudo fuese absuelto, y lo esperado ocurrió. El programa estaba dirigido por un legista, famoso en excarcelar insanos, conocido como Doctor Nofrul. Su nombre circulaba por los alambrados del loquero y cuando alguien los defendía era llamado así. Nofrul desplegaba la novela familiar con tópicos diversos. A propósito de la denuncia de Bucherol, había desarrollado el concepto de catarsis pasiva.

Todo parecía ir bien hasta el momento en que el programa cambió de horario. Dejó de transmitirse mientras recibían la cena. Esta modificación era beneficiosa porque al terminar Nofrul los pacientes empezaban a discutir, luego votaban y seguían discutiendo hasta la madrugada. Con frecuencia los mellizos se burlaban del victimario, entonces crecía el desorden junto a la intolerancia del personal. Protestaban también aquellos enfermos que, por permanecer todo el día en reposo, querían seguir durmiendo.

—Se necesita justicia —dijo el cura Walczak en uno de sus arranques expresionistas y dedicó su liturgia a Salomón.

El problema que trajo aparejado el cambio de horario radial fue la incompatibilidad con los paseos al aire libre. Rutina que despertaba el apetito, permitía la descarga motriz y evitaba las crisis por abstinencia laboral. Como la radio formaba parte del amoblamiento y su tamaño impedía el traslado, no se pensó en esta alternativa; de cualquier manera, de haber sido factible hubiese dejado disconforme a los postrados.

Hubo cavilación, controversia, fervor. Del resultado de los comicios surgieron dos opciones: pedir una RCA Víctor al Ministerio de Trabajo y, en el caso de no obtener respuesta, destinar los fondos recolectados en *La Vidriera de Caín* para comprar el artefacto.

Durante ese fin de semana, Florindo fue presionado a construir una repisa y hacer conexiones eléctricas para instalar la futura radio.

El entusiasmo de todos era irrefrenable. Nunca en la historia de una institución se había puesto en práctica un deseo tan fervorosamente decidido. Primero y Segundo solicitaron el pedido en términos pertinentes. La cruzada requería ser realistas, es decir, apelar a un rasgo casi desconocido.

Después de un discurso conmovedor, en el que los mellizos enumeraron las mejoras que irían alcanzando con un actuar ambicioso y prudente, los locos aceptaron esperar cuarenta días entre el trámite postal y la compra.

Así se hizo: al cura lo convenció la vieja Kluger; al director del hospital, el Padrino; los enfermeros estaban felices de concluir la jornada más temprano; los fanáticos del Coronel, orgullosos, y el resto descreído.

El día número cuarenta, una delegación encabezada por el médico de campo y el cura Walczak llegó a la puerta de la Cooperativa de Ramos

Generales. El gerente, adoctrinado por la comunidad, facturó la RCA Víctor a precio de costo. Al salir del edificio el grupo se encontró con el Padrino.

Si algo necesitaban los mellizos para sentir que el mundo era perfecto fue ese golpe de suerte. También el Padrino, al verlos aquella mañana de verano en el corralón del almacén —Primero con el gabán a cuadros que le había regalado para el cumpleaños y Segundo con la campera de cuero forrada en piel—, pensó una vez más que dejarlos crecer en el hospital había sido la mejor solución. Eran buenos muchachos aunque incompatibles en otro medio. Manía. Manía, le había dicho el director del hospital cuando alguna noche preguntó por ellos. Sin embargo, el médico, enemigo de diagnósticos lapidarios, leyendo la historia clínica de los hermanos habló de versatilidad y apasionamiento.

La Zona –como solían denominar al loquero– funcionaba para los mellizos de hotel. Entraban y salían a cualquier hora. Activos y emprendedores, no se perdían evento político ni cultural. Obsesionados por conocer personajes históricos, leían biografías de famosos y los imitaban con una tendencia *naif* del concepto superhombre. La convivencia con el dolor les había proporcionado una sabiduría para su evitación. Algunos enfermeros, urgidos por compromisos, solían delegar en ellos el cuidado de los internos. Las consecuencias nunca pasaban desapercibidas. Excéntricos, fue el vocablo más suave escuchado por el Padrino desde que los había visto nacer. Los mellizos estaban cansados de adjetivaciones; por esa razón, argumentando que los delirantes era más entretenidos, se trasladaron con sus libros a la parte de atrás del hospital.

El Padrino, no era prejuicioso. Después de comer los dulces de la Señora Kluger, susurrar cuatro frases al jardinero –a quien conocía por boca de la renguita– y oír la descripción que Fabiano hacía de la puesta en escena de *Parsifal*, supo que sus ahijados habían elegido bien. Pagó una vez más la deuda que el director del hospital tenía en el Club para que pudieran trasladarse a la Zona. Desde que los mellizos habían nacido, esa era la única forma de arreglo que el hombre encontraba.

Cuando el Padrino los vio salir de la Cooperativa de Ramos Generales, se unió al grupo y les propuso almorzar en el Club. La ovación fue unánime.

Años atrás, el Club había sido escenario de un espectáculo musical dirigido por Fabiano, con gran aceptación de la audiencia y fuerte rechazo de su progenitor. El dueño de *La Pampa G* no soportó ver al hijo representando *Giselle* con una réplica del traje utilizado por Carlota Grissi en *La Scala* de Milán.

Si desde pequeño Fabiano cultivaba signos equívocos, el viaje por Europa contribuyó a agudizar su androginia. Un desenlace opuesto al esperado. A Gautier se le había ocurrido viajar con el muchacho e introducirlo en un selecto grupo de poetas franceses con quienes mantenía correspondencia; pero cuando llegaron a París, la fobia a los espacios nuevos le impidió al tutor salir del aeropuerto. La seguridad, el control y las relaciones artísticas que iban a enriquecer las aptitudes de Fabiano se redujeron a un año de depravación.

—El broche de oro fue al terminar el show —subrayaba el dueño de *La Pampa G* en mesas de póker.

Salió de bambalinas decidido a no quitarse el traje durante la cena y a cuatro voces esgrimió su estatuto de *dragqueen.*

Mentía. Mientras el público, olvidado del sexo de Fabiano, aplaudía fervorosamente a

Giselle, algunos socios del Club vieron al padre del artista adolescente levantarse iracundo y exigir al director del hospital que le diese electroshocks. El tratamiento que recibió fue de otra índole, con resultados igualmente nefastos. La cura de sueño se transformó en una seguidilla de intentos de suicidio que motivaron su internación definitiva.

Ese mediodía, varios años después del *avant première*, el hijo pródigo volvía a subir las escaleras de mármol del Club Social.

Para la vieja Kluger, en cambio, subir las escalinatas fue acceder a un lugar hasta entonces vedado. Siempre dedicada al trabajo, su única salida era ir caminando hasta el pueblo para escuchar misa. Todos los domingos, mientras ella miraba a sus hijos jugar en el patio de la iglesia, otras mujeres hablaban del mundo. Las veía moverse como aves del Paraíso, distraídas de las menudencias filiales.

Entrar al Club en compañía del cura fue algo similar a obtener la Rosa de los Justos. Por un instante, la emoción embargó su alma; después, como una marioneta que tuerce la dirección de los hilos que la manejan, sintió necesidad de apartarse de Walczak. Sola, trastabillando, estaba a punto de caer cuando el hijo del dueño del diario la sostuvo de los hombros.

Desde que la madre había perdido a su única niña—.literalmente perdido porque desapareció de la casa apenas nacida y nunca nadie supo decirle una palabra— padecía estados confusionales. Al verse presa una vez más del mismo sentimiento, en lugar de rezar o correr hacia el barranco, experimentó vértigo. Creyó alcanzar el punto donde locura y religión emergen. Tuvo deseos de golpear sus rodillas para punir el haberse reclinado ante un instrumento de tortura: la cruz. Ese mediodía no se golpeó, tampoco quiso mirar las aguas del río. Abrazada por Fabiano, agradeció los deliciosos bocados que él le iba dando y luego se quedó dormida en el pecho del *dragqueen*.

Excelente pronóstico. Vivencia antitraumática. Compensación por *folie a deux*, escribió el médico en el informe diario, haciéndose eco del último programa de Nofrul.

¡OFRECED FLORES A LOS REBELDES QUE FRACASARON!

Los rostros de la multitud, una galería de cuadros: perfiles, espaldas, cabezas.

Ansioso e inmóvil, Roberto esperó en la estación. El paro: *in progress*. Columnas de obreros vociferaban de uno y otro lado del andén. Oscurecía. Esa mañana, el capataz había sido sacado del frigorífico por la fuerza.

—¡A la horca! —gritaban los huelguistas.

La custodia policial impidió que lo mataran.

—¡No se ensucien, muchachos, no se ensucien!

Eran horas de jolgorio. De pronto, la excitación sufrió un giro. Desconcierto general. Crecían los rumores hasta que alguien gritó:

—El frigorífico fue intervenido.

Desde uno de los pilares del edificio, invocando al Departamento de Trabajo, un dirigente les advirtió con un megáfono improvisado:

—Deberán formular sus peticiones con respeto, buen criterio y raciocinio... así el Gobierno, por medio de sus órganos adecuados, tratará de satisfacer los reclamos...

En el entusiasmo, al mediodía, un delegado de la planta le había dicho a Roberto:

—Te perdonamos la vida Kluger. Recapacitá porque se dio vuelta la torta.

Otro era el clima en la estación. Desde distintos puntos del andén, ojos enlutados vigilaban.

¡Ofreced flores a los rebeldes que fracasaron!, repetía un anciano golpeando la reja con el periódico. Sabía de memoria el poema de Vanzetti, pero tantas veces lo habían hecho callar que sólo recitaba el primer verso.

La manifestación fue cobrando el aspecto del ocaso de una feria. Palos con trapos y banderas sobre un vagón de carga. El guardabarreras reunió a los huelguistas en la galería de la estación, quería darles coraje para que aguantasen hasta la noche y volvieran al frigorífico.

—¡Lo único criticable es la fractura, los gremios están a la deriva! —insistía el anciano con idéntico énfasis que al recitar el poema.

Desengaño, irritación, prietos los puños. Cualquier soplo habría podido encender el volcán. Alguien alertó:

—Siempre aparecen provocadores.

—Tengo información precisa...

—Escuchen la radio. No han puesto música clásica, eso significa que todavía están negociando.

—Cuidado con lo que hacés —le advirtió a Roberto la chilena, una mujer que trabajaba en el sector de Teresa.

Teresa obedeció. Había dejado de ir a las reuniones del sindicato pero no tardó en plegarse a la huelga. Una mañana

Roberto ya no pudo convencerla. Sus argumentos eran caducos: naturaleza viva en punto muerto.

Su adhesión a la huelga tuvo consecuencias. Como entre los obreros la consigna era no perder contacto, Teresa después de unos días empezó a recibir visitas. Todo se produjo con la velocidad de lo imprevisto. La pensión estaba a pocos metros de una boca de subterráneo, el entendimiento cedió espacio al afecto. Teresa mantuvo en secreto que el altillo y uno de los cuartos habían sido alquilados por obreros del frigorífico. Necesitaban un terreno que funcionara al mismo tiempo de refugio y depósito para tapizar el centro de carteles. La encargada de la pensión al principio se había resistido pero la convencieron.

—Si se entera el dueño me despide.

—Pronto no van a despedir a nadie.

—Yo le hago el favor porque es usted, señora Kluger.

Señora, esa palabra que había sido similar a recibir una medalla, en el festejo de la boda se transformó en una condena. Florindo no volvió a pegarle, sólo daba muestras de enojo golpeando lo que tenía a su alcance. Nunca más lo hizo, sin embargo la exhibición continua de poder fue suficiente para que Teresa, a lo largo de cuatro años, acunase la idea de escapar. Había admirado la altivez de Florindo creyendo en su valentía como se cree en una causa común. Ahora experimentaba otro tipo de sentimiento, diferente al entusiasmo del noviazgo, diferente al consuelo del hermano que traicionando al hermano se convirtió en un amante que encendía con sus celos una úlcera e imploraba respeto hacia una pobre madre loca.

Pocos días necesitó Teresa para sentirse fuera del *ghetto* Kluger y las habladurías del pueblo. Le había escuchado decir a la chilena que vivía en un rincón del altillo: Todo va a cambiar.

La realidad: una caricatura. Ni bien Roberto se iba, Teresa y la chilena salían a elegir lugares estratégicos. Tenían varias funciones, hacer de campana, preparar engrudo, repartir carteles para que peguen en las calles, limpiar brochas, oír entre líneas las noticias. Mientras tanto los hombres recorrían el engranaje frigoríco–sindicato–Ministerio–imprenta.

¿Y tu corazón? Fiel a Roberto, como cuando caminaba despacio hasta la soga acariciando la prenda que iba a colgar. Lo veía desde lejos agacharse tras los arbustos, expuesto e indefenso.

En sueños lo salvaba de otra muerte. Roberto subía a un terraplén con los brazos atados. El viento fuerte deformaba las voces, las risotadas. Los soldados se divertían practicando tiro. Alguien gritaba: Ahí va Kluger, ¡disparen! Teresa estaba en el galpón del fondo. Tenía un vestido rojo de falda amplia. Daba vueltas cada vez más veloces desafiando la puntería de los soldados. Giraba sobre la cama hasta despertar y aún despierta oía el silbido de los disparos.

Extendido el tiempo de espera. Si hubiese ido caminando ya habría llegado a la ciudad, pensó Roberto. Estaba confundido. Mejor mantenerse apartado y ver lo que va sucediendo, volvió a pensar a modo de advertencia. Era la segunda noche fuera de la pensión. Esta vez le ocurría lo mismo que a todos. Peor había sido cuando lo encerraron en el entrepiso; menos mal que alguien le avisó a Teresa. Ya no parece la misma. Le sienta bien no trabajar, si hasta se dedica a leer. Basta de camisón, se acuesta vestida, atravesada en la cama como una estudiante. Debe estar leyendo el libro del jugador. Si hubiera visto doblar apuestas en el quilombo, no necesitaría que le cuenten historias. “Para jugar es preciso dinero”, repetía Teresa. ¿Hay que ser famoso para escribir eso?, estuvo a punto de decirle. Mil veces había oído frases semejantes, con expresión de orgullo o pena. Él no tenía vicios, miraba cómo el dinero salía del bolsillo de los tontos. Los Kluger no tienen suerte, sentenciaba su padre y siempre fue obedecido. Ningún hermano jugaba, la costumbre era otra: putanear, echarse tragos. ¡Si hasta la comida del quilombo tenía un sabor distinto!, no las porquerías que cocinaba Teresa.

LA PAMPA G

El último artículo que había escrito Gautier parecía una respuesta a los interrogantes de Belén después de escuchar *Don Giovanni.* Ella siempre había sido incrédula del poder adjudicado a la posesión porque lo reducía a intereses materiales. En la ópera, sin embargo, el ansia de poseer se expresaba como una facultad estética. La pasión engrandecía lo deseado, inventaba a su víctima para mantenerse viva hasta el instante de captura.

> *Así como en el sistema solar los cuerpos opacos al recibir luz se iluminan a medias, de la misma forma ocurre con los personajes. Sólo aquello que mira Don Juan se ilumina, escribía su padre.*

Gautier no se conformaba con reproducir notas de otros críticos. Siguiendo el pensamiento de un filósofo (cuyo nombre había sido omitido porque el dueño de *La Pampa G* tenía un concepto plagiario del periodismo y su fin era hacer del diario un oráculo, no un coro), establecía relaciones entre el mito de Fausto y el Don Juan de Mozart.

> *Fausto de Goethe —leyó Belén— es una obra clásica pero responde a una noción histórica: cada época tiene su Fausto. El lenguaje, como es sabido, es un medio concreto, un vehículo que transporta pensamientos, por esa razón pueden existir varias*

obras del mismo tipo. En cambio la noción que preside a Don Juan es absolutamente abstracta: la música es una idea.

También Belén leyó una referencia similar a la que había hecho Ezequiel durante la ópera: La sensualidad como principio no se encuentra en el mundo griego, lo sensual ingresa por exclusión. El Cristianismo apartó de sí el arte musical por considerarlo demoníaco, a partir de ese momento tuvo un lugar de privilegio: se volvió espiritual lo que hasta entonces era pagano.

Por exclusión, repitió Belén, lamentando no tener con su padre un vínculo cable a tierra. ¿Por exclusión? Lo único que sentía inmediato fuera del sonido era su cuerpo. El cuerpo del abrazo de Ezequiel, el cuerpo de Guido cuando la máquina del adiós los enfrentó vulnerables, mezquinos, tristes, feroces.

El sueño del girasol no tenía el final que había contado. Siempre deformaba algún detalle, así los hechos seguían perteneciéndole. Trivialidades: hilachas de posesión. Al llegar a la casa del sueño la flor volvió azul el aire, los muebles, sus manos. Un cielo de cuatro paredes corredizas, transparentes, tornasoladas. Una flor ciega penetrando su carne. Guido la amó mientras dormía, mientras soñaba, al despertar, con el azul del cielo en la piel. Ella lo amó besada, una vez y otra, enseguida y más tarde, con los cabellos sueltos de trenzas y su delgadez desnuda. Boca en la boca de besos lamidos por lenguas silenciosas, rapaces. Ojos besados, frente besada, cuello chupado, cráneo mordido. Los pezones, el sexo, amado como si amamantara. De miel los huesos, las axilas, el rubor. Superficie brillante, membranosa, laberíntica.

Un cable a tierra, eso quiero. Guido, mi Pata de Bolsa. El viejo profesor deberá compartir. Dos hombres y una mujer. Guido creerá saber. Ezequiel simulará ignorar. Guido intuyó, temía, supo, encontró pruebas, rompió fotos. Las fotografías dan vértigo. Espiar no basta, para quien estuvo ausente, no alcanzan las copias ni el celuloide. En la maquinaria de la imagen, en el metal de la caja negra, hay junto al ojo cínico y sereno un punto neutro: el dilema del devenir.

Belén y Guido no se habían visto los últimos meses pero él vigilaba sus movimientos. El sábado de la primera cita con Lucrecia, los había seguido.

—Casi no alcanzo a reconocerte por la boina violeta, parecías más pequeña.

Guido lloró, sacudió mis hombros, dijo que me golpearía. Sin entender, preguntaba: Qué buscás, qué buscás.

—Nada —respondí.

Primero protestó. Después: el sortilegio de la pasión repentina. Jamás habríamos podido antes solos, en el pueblo, lejos del pueblo, nada. Hay que maltratar al amor. Mentir. Necesito aprender a mentir. Como en los juegos de cartas, combinar figuras, mezclarlas: ocultar, fingir, arriesgar. Basta de péndulo, el joker siempre de mi lado. La única enfermedad que no contraje después de nacer fue la codicia. Soy heredera de mi propia orfandad. Si Ezequiel supiera que alojo un huésped en el pecho ¿dejaría de ser albino? El sobresalto pinta los pelos de blanco, ¿cuál será el color de la traición?

Belén disponía de esclusas para modelar sus estados de ánimo. Construía escenas simultáneas, mitad marfil mitad madera. Arpones en la imaginación. Cuando aprendió a cabalgar le dijeron: No olvides aferrarte como una estaca. Una fórmula que su madre olvidó aplicar. Las versiones sobre la muerte no coincidían, nadie la había visto caer. Conjeturaban. Al caballo, un alazán pura sangre, le pegaron un tiro.

Como quien prepara un mapa del mundo y despliega sobre una maqueta los continentes –tierra, arena, sal para simular nieve–, ella recorrió la estancia en espera de un signo. Multiplicada la sospecha de que el futuro era música del azar. Cuando mueren dos no hay culpable: ni árbol ni rayo.

—¡Sin patetismo! —le oyó decir Belén a uno de sus hermanos, el que se había ido del colegio agarrándose la cabeza. ¿A quién imitaría?

La familia se ingenió para sobrevivir. El buen humor de Gautier endulzó la melancolía del hogar:

—¡Qué huérfana más linda! —había dicho al verla en puntas de pie junto al gran cofre.

—Acepto tu affaire con una condición —le propuso Guido.

—Eso es trampa.

—¿Por qué?

—No me gustan las condiciones.

—¿Mademoiselle se maneja con veredictos?

—Avec suspense. En las estampas japonesas, unas pocas pinceladas son suficientes, el fondo conserva el tono de la base.

—De niña eras igual.

—No es cierto.

—Te decíamos Capri.

—No entendían nada.

—¿Estás segura?

—A veces.

—¿Y la curiosidad?

—Cuando la necesite.

—¿No te importa conocer la condición que pongo para admitir tu romance con el profesor?

—No.

—Te mentí.

—¿En qué momento?

—Recién, cuando dije: de niña eras igual.

—Yo lo había creído.

—¿Por eso te molestó?

—Es un resorte, repetí la única muletilla que funcionaba. Si yo les decía: No entienden nada, ustedes me tomaban en serio.

—Siempre te tomábamos en serio, parecías mayor que tus hermanos.

—Mentira.

—¿Por qué tantas mentiras?

—Eso es un golpe bajo —dijo Belén colocando sus manos detrás de la nuca de Guido, y empezó a hablar tan despacio que Guido al acercarse volvió a sentir todo el amor que había experimentado durante la noche y junto al amor un deseo sin nostalgia, atento al ritmo de la voz, entrecortada por suspiros.

Incluso sin saber nada, ni siquiera conocer tu nombre, si te hubieses metido en el apartamento como puede meterse un ladrón, un Pata de Bolsa, estoy segura de que nos habríamos entendido...

Dicen que la segunda caída fue ideada por escorpiones.

En el artículo del diario, era notorio el intento de Gautier por transmitir un carozo de su propia sensualidad. Pretexto Mozart. Miríadas de erotismo. Carolina y *Don Giovanni* poseen el mismo anhelo, pensó Belén. Recién entonces se dio cuenta que durante esos días todo lo que hacía funcionaba como excusa para dar vueltas alrededor de “la condición” que Guido había querido imponerle y ella prefirió no oír.

EN TINIEBLAS LA MORDIDA

El cura Walczak esperó en vano que la madre pidiese confesión. Inmaculado el círculo del horno y la mesada. Un seto de alambre con flores coronaba el altar. En la techumbre, el hijo del dueño del diario había tenido la ocurrencia de construir una pagoda que terminó asilando cardenales. La Virgen niña había sido quitada.

Varios domingos transcurrieron sin hostias. La vieja Kluger dejó de asistir a la ceremonia. Se cerró la vitrina, comentaban a coro los dementes. No hubo quejas porque todas las mañanas ella seguía horneando masitas con pasas de uvas enteras. Escupir carozos no es pecado, decía mostrando sus uñas inmaculadas para poder coser.

El cura esperó, utilizaba las hostias del hospital; era un detalle menor el servicio concreto que la madre ofrecía. Sin embargo, su fe en el cielo estaba ausente y Walczak fue cifrando la magnitud de esa falta.

Algo había invertido el cauce del río negando la cara a Dios. Como si la mísera madre se hubiera transformado en la madre de Jesús y, en lugar de seguir el destino de la Virgen, hubiese encarnado el repudio para combatir el desdén del Señor.

Pasaron los meses. A Walczak se le hizo cada vez más dolorosa e inútil la espera. Observador, reflexivo, autocrítico, tenía conciencia de que nadie fuera de él reparaba en el alejamiento.

Sin lágrimas ni rezos. Sin desvelo ni fuga hasta el barranco. Una imperturbable entereza cobró espíritu en el rostro de la madre: la armonía de quien no tiene prisa por encontrar sentido.

—Muerde la cruz —había dicho un enfermero la tarde que volvieron de comprar la radio.

Lo repitió otro, luego alguien más, y ante el disgusto del cura por la intromisión el personal no agregó nada dejando en tinieblas la mordida.

No era cierto. Otro origen tenían las muescas. Una lupa fue suficiente para que Walczak detectara la insistencia de la naturaleza. Pugna entre el reino animal y vegetal.

Magnificada la cruz con un inocente vidrio, el cura vio una maraña de túneles esculpidos por laboriosos insectos. ¡Hay que tirarla! ¡No sirve ni para leña!, habría dicho ante una madera cualquiera, pero no le quedó otra alternativa que dejar clavado el laberinto de larvas y pronunciar un sermón:

Cuando el aceite no arde, gravita.
El hombre sabe que está solo en la inmensidad indiferente del Universo de donde ha emergido por albur. Igual que su destino, su deber no está escrito en ninguna parte. Puede elegir entre la luz o la oscuridad, los dos recintos son equivalentes. No hay redención, no hay felix

culpa *en los nuevos ángeles rebeldes que han comenzado por suprimir la línea divisoria.*

A partir del almuerzo en el Club, la madre dio fe a nuevos sentimientos. Hiedras, decían los mellizos viéndolos abrazarse o compartir el regocijo ante los modelos que Fabiano diseñaba y ella cosía. No tardaron Primero y Segundo en sumarse a la epopeya; el liderazgo que poseían les facilitó la función de mediadores entre los pedidos y la hechura de las prendas.

—Ya pasó el carnaval —bromeaban los enfermeros, cuidándose en el decir porque el cura, el médico y el Padrino estaban atentos al dispositivo de tormentos velado tras aparentes ironías.

La radio nunca llegó, en su lugar recibieron una fotografía tamaño natural del Coronel Perón junto a Eva Duarte, la autorización para extender el predio varias hectáreas y una máquina de coser. Cuando instalaron la máquina, fue necesario desplazar los iconos del altar. Pan al que tiene dientes.

Los locos consiguieron un espejo y un biombo para probarse la ropa que la madre Kluger cosía. Rodeándola como abejorros, después de oír el programa del legista Nofrul, emprendían largos diálogos:

—Si hablo de corrido no tengo problemas, las letras cambian de pronto. Es mucho peor si pienso en lo que quiero decir. Busco una vocal y esconde la cabeza como el avestruz. No tengo otra alternativa que llamarla, aunque la mayoría de las veces ni necesito hacerlo, viene corriendo otro animal, quiero decir, una vocal distinta —explicaba Fabiano dirigiéndose a los mellizos, en un intento de controlar el desorden genérico que introducía en sus espectáculos matices de comicidad.

—Hay que esperar que el avestruz vuelva a sacar la cabeza —dijo Segundo después de una pausa.

—El público se impacienta fácil —decretó una enferma famosa por su malhumor.

Los de la sala mueven la cabeza en señal de protesta, silban, patean el piso si no me queda nada tengo la mostaza, hay formas y formas de impaciencia hasta alcanzar el tope ¿y?, ni Dios se atreve a frenar la bronca, todo está perdido si no me queda nada tengo la mostaza, aunque Fabiano espere hasta recibir la vocal justa, cuando llega tiene que volver a esperar la siguiente, eso significa griterío, silbidos, zapateos si no me queda nada tengo la mostaza, seguro que si alguien rompe el programa, otro le copia y el vecino le copia al vecino si no me queda nada tengo la mostaza, porque no es lo mismo sentarse y ver una función cuando se estuvo haciendo cola para entrar y prometieron abrir *La Vidriera de Caín* en horario exacto, y el tiempo si no me queda nada tengo la mostaza es preferible que se rían a que golpeen porque he visto como golpeaban a unos actores, ¡bestias!, el público se trepó al escenario si no me queda nada tengo la mostaza después en los cuatro costados, igual que un ring, la gente se entusiasma con la violencia más y más cuando apagan las luces si no me queda nada tengo la mostaza...

—Mostaza.

Sólo repitiendo esa palabra, la paciente entraba en un largo mutismo. Habían tardado años en darse cuenta del poderoso efecto del eco; cualquier otro tipo de interrupción despertaba conductas agresivas que concluían con manguerazos y toda clase de castigos. El médico en una oportunidad aconsejó que le permitieran explayarse un rato y recién entonces dijeran: Mostaza.

Enemigo de los intervalos, Fabiano tomó en la palma de sus manos la cara de la madre. Parecía implorarle, buscaba un indicio, algo que disminuyera el repentino vacío.

—Hay que esconder todos los agujeros —fue lo único que a ella se le ocurrió sugerir.

—No me animo —contestó Fabiano, y con el mismo gesto que sostenía la cara de la madre, como un pierrot cubrió la suya.

—Es muy difícil esconder —aprobó ella con suavidad y cambió una bobina de hilo azul por otra de hilo verde.

El jardinero escuchaba con expresión ansiosa, como si en la punta de su lengua tuviese la indicación precisa. De haber atrapado lo que no le terminaba de asomar ¿lo habría dicho? Dos versiones rondaban su caso: locura o premeditación. El director del hospital dudaba justamente por el silencio del hombre, solía pensar: Se hace el mudo para que no lo lleven a la cárcel.

Como las intervenciones eran muy espaciadas se oyó a alguien decir:

—¿No se podría votar?

—No, esto es lo contrario a meter papelitos en la urna, hay que tirar ideas —volvió Segundo con más bríos.

—También se podría ponerle una trampa al otro animal

—aventuró Primero y esa sugerencia devolvió el brillo a la mirada del hijo del dueño del diario.

—La trampa es el invento justo. ¿Cómo no lo pensé antes?

Fabiano recordó un tema tratado por Nofrul. Durante el programa radial había aludido a los beneficios de la señal de alarma como defensa ante situaciones riesgosas. Los mellizos seguían el razonamiento, pero otros internos contaban anécdotas específicas de cómo cazar roedores. Palos, fuego, cepos, tramperas y toda clase de señuelos proliferaron en la galería. Fabiano dijo haber visitado un museo en las afueras de París en el que había una colección de aparatos medievales destinados a cazar fantasmas. La madre entonces ofreció pedirle a Florindo la escopeta que tenía colgada detrás del portón del cobertizo. Seguramente habrían continuado la cacería si el llamado a comer no los hubiese distraído.

PARA LA NIÑA PINTARON LA CUNA

En otra escena –aplicando el método Rembrandt: un espejo a la izquierda del caballete–, mientras Roberto, ansioso por la demora, dejaba la estación de trenes para ir caminando hasta la pensión, Teresa, apoyada contra los barrotes de una celda, aturdida por las bromas y el griterío de las mujeres, se debatía pensando en lo que pensaría Roberto al no encontrarla cuando volviese del frigorífico.

Había tardado en vestirse pero al llegar a la plazoleta del puerto notó con alivio que la chilena aún no estaba. Es malo que esperen, decían en el campo, después el que espera se envalentona o se resiente. Miró la hora en el reloj de la Torre. ¡Hay huelga de trenes!, gritaba un canillita. ¿Qué hacer? Dio algunos pasos teniendo la precaución de no alejarse demasiado. Cruzó de vereda varias veces. Un furgón azul se detuvo y bajaron dos policías. Intentó defenderse diciendo que ella no, pero igual la obligaron a subir. Arriba, una de las chicas le tapó la boca:

—¿Qué vas a decir que hacías ahí parada? A nosotras nos tratan bien, si no sos puta es peor.

—¿Nombre?

—Falso.

—¿Dirección?

—Cualquiera.

—¿Edad?

—La misma.

—¿Estado civil?

—Ninguno.

—¿Tenés alguien a quien llamar?

Silencio.

—¿Dónde naciste?

—Lejos.

—Mirá que sos parca... bueno, para lo que hacés no necesitás hablar.

—Yo...

—Dos días adentro. Ni un alma en la calle después del toque de queda, ¿no oíste los comunicados?

Cuando una carga eléctrica se encuentra estacionaria produce fuerzas sobre otras cargas situadas en la misma región del espacio. Si está en movimiento, produce además efectos magnéticos.

Roberto caminó toda la noche entre calzada y cuneta. Un paso tras otro hasta alejarse de la avenida. Tomando aliento se apoyó contra un seto pero ladraron los perros y tuvo que correr hasta un tapial vecino. Las manos en los bolsillos del saco gris. Todavía se escuchaban sirenas. De no haber sido por el ruido podría haber estado en cualquier parte: suburbios, cuatro o cinco casas, luego nada, puro campo otra vez, sin horizonte. Las sombras largas anuncian el atardecer. Había crecido viejo, duro como cuero al sol, conejo sobre el alambre. Aprendió a desollar desde la cuna: el cuchillo de punta, crujiente la membrana, el pulso firme, tirando apenas. Ni al principio fue juego, una vez por semana iba en carro hasta la curtiembre: Prestá atención que equivocan los números, roban.

Para la niña pintaron la cuna; la habían hecho cuando nació Florindo. Si la aplastaron preguntó el padre al verla. ¡Nadie hizo nada! ¿Cómo le digo muerta? ¡Va a enloquecer seguro! Duerme, dijeron engañando a la madre. Un ángel más al cielo. El cura la habría consolado. Nadie tuvo la culpa pero una vez tajeada había que tirarla. No la quiso matar, se murió sola. No es cierto que parecía dormida, los pequeños creyeron, también Florindo por la manía de ser enterrado vivo. Tiene tantos hijos que ni se va a dar cuenta, decía. Superstición: pintaron rosa la cuna y le pusieron flores, ¿quién iba a pensar que una recién nacida?

Ningún hijo Teresa, lo decidió en la boda. Roberto la invitó a bailar: estaba triste la rubia, triste y nerviosa, arrepentida. Se lo dijo después. ¿Si le creyó?, muy poco. Parte del amor la desconfianza; el apetito cede, siempre mejor alerta, merodeando, sólo captura quien rodea.

Mala espina estar lejos de la pensión, mascullaba Roberto. Ha caminado tanto que ya no sabría volver ni al frigorífico. ¿Qué es lo que teme? Que se haya ido con otro. Siempre pidió que le contara: No interesa con quién, blanco o morocho, sólo importa que vuelvas, le decía. ¿Acaso yo te obligué a dejarlo? Eras más buena antes, cuando Florindo te culeaba dormida y lo ibas maldiciendo. Debe haberse llevado la radio, el camisón y los cosméticos... le gusta maquillarse. ¿Qué se habrá puesto? El vestido rojo es ajustado, ni lo puede prender estando sola. La chilena estaba en la estación, ¿guardará algún secreto? Tanto ciudado tuve, sin dejar rastros, envueltos los pies con bolsas. Ahora si anda con otro nadie se entera. ¿Que si sabrá mentir? Se lo enseñé yo mismo. ¿La pueden deslumbrar? No con dinero, en el pueblo se vio: ¡Mirá el partido que podría tener y se casó con Kluger! ¡Analfabetos!, decía la familia. Si hasta en el quilombo se mofaban... Ella quiere que aprenda, que vaya al cine, pasa todo tan rápido que me pierdo, para besarla iría. Nunca la habían tocado, no permitía, Florindo tuvo que adelantarle el casamiento. De creyentes en serio su familia, evangelistas, peor que el cristiano con los pecados, todo prohibido. Nunca la van a perdonar, ella lo sabe bien aunque ilusione, por eso deja que le refriegue: La puta de mi hermano. ¿Estará convencida? Una basura el hombre, si no domina pudre, siempre maldito, si está solo es un guacho decía la renguita. Ésa era buena escuela, no las idioteces que escriben en los libros.

FOGONAZOS ERRÁTICOS

Lo fijo y lo móvil.

El viaje no pudo ajustarse al *tempo* del tríptico, sobrevino de pronto, se impuso.

El viaje burló el *tempo*. Ezequiel debía intervenir en un Congreso de Genetistas. Ellas, siempre ellas, voraces, gorgojeantes, delicadas, con la aguja y el hilo idearon una visita a la estancia de Gautier.

Cronos se realiza en las omisiones.

Cuando Belén habló por teléfono con Guido, le dijo:

—Vamos a hacer una excursión al interior.

—¿Necesitan un *driver*?

Las presentaciones se hicieron cuando Guido pasó a buscarlas. Un *lied.* Instrumentos afinados, el sonido más puro: la improvisación.

Los primeros kilómetros hablaron sin parar, superponiéndose, inundados de estimulantes: café, whisky, bombones. Lulú sabía propiciar climas edénicos.

Poco a poco la ciudad cedió paso a la planicie, a la invariable configuración de la pampa. A medida que avanzaban una niebla espesa fue cubriendo el mundo de Ezequiel, su andar metódico, el poder coagulante del Santo Grial, la secuencia de los sábados, el delicado equilibrio de la precaución.

Ninguno quiso dormir, diversos episodios habitaron la travesía; referencias encadenadas por el pulmón y la sed sin sed. Como si las versiones que el viaje ponía en marcha hubiesen tenido la consigna de extirpar. La sorpresa de un *stripper* ciego que recobra la vista durante el espectáculo. Artistas de variedades, en escena las sogas del animal humano, olvidados los andariveles de la convención.

(Lulú, divertida y procaz).

(Guido, tierno, aventurero, desafiante).

(Belén, diáfana, peregrina).

(Por momentos, uno u otro sombrío, despiadado, no hacia los demás, hacia ellos mismos en el buceo sentimental que iban emprendiendo).

Planta narcótica, el amanecer acogió el resplandor de los primeros fríos, los cristales de luz, la fatiga encarnada. Se veían caminos de tierra al costado de la carretera. Tierra apisonada de quietud y girasoles.

Belén se dejó llevar dando cauce a todo lo que acudía a su garganta sin oponer filtros a la hojarasca. En un instante aseguró que volver le parecía prodigioso e insoportable; volver a encontrarse con gente que tenía todo y nada que ver con ella. Ícaros sedentarios, prevenidos, orgullosos de construir un falso imperio.

Celofán en la púa del escorpión. La arena del reloj y su *revival*. Lulú alteró el *tempo* del viaje, hizo girar la inquietud, le aseguró a Belén que el Santo Grial la esperaría con o sin trenzas. Entonces Belén, levantando sus cabellos hasta el techo de la camioneta, preguntó si su estrabismo se había agudizado. Los tres empezaron a reír, cansados pero también dichosos de la epopeya.

—Llega La Medusa —anunció Guido al estacionar frente al Club.

Sólo con la fatiga era notorio el estrabismo de Belén. Sus ojos parecían disparar fogonazos, instantáneas sin refugio ni centro. Nunca había permitido que le corrigieran ese rasgo de rebeldía ante la saturación. El cuerpo sabe lo que hace, le había dicho la vieja Kluger mientras veían bailar al hijo del dueño del diario en *La vidriera de Caín*. En esa época ella juntaba fotos de actrices, bailarinas, asesinos, estampas que pertenecían al archivo de *La Pampa G*.

¡VALGA PUREZA!

Luz color suelo sucio. Las piernas juntas. El frío. La chica que le había tapado la boca en el furgón, le tapó la boca al sargento cuando quiso manosear a Teresa: —Tiene poca experiencia, no la asuste.

—¿Por qué la defendés?

—Porque es mi hermana.

—¿Con esa piel?

—Parece capricho, ¿vio?

Piernas juntas, cosidas a los talones en ángulo recto. Teresa usó una cobija para taparse porque el vestido rojo se le subía. ¡Valga pureza!, la cargaban. No se metan con ella, amenazó su defensora, en serio que es mi hermana. Algunas chistaron pero al verlas dormir contra la pared, igual postura, tapadas con el mismo abrigo, levantaron los hombros y no dijeron más nada.

—Palabra de honor, en cualquier momento salen —había jurado el sargento.

Necesitaban sitio para otros detenidos pero después no tuvieron tiempo de soltarlas.

Algunos átomos se combinan para formar sólidos. Los electrones libres pueden moverse con facilidad a través de la materia.

Durante la tercera noche, Teresa tuvo ganas de hablar. Acurrucada contra la pared, las dos cabezas juntas. Le había oído decir a su defensora que era mejor estar encerradas que dar vueltas afuera con el frío que hacía.

Teresa empezó a contar que lo quería a Roberto, lo quería tanto que se había escapado del pueblo:

—Dejé a mi marido por el hermano.

—¿Hijos de iguales padres?

—Él te lo va a decir —aseguró Teresa—, lo vas a conocer aunque no me perdone.

—¿O sea que andás con otro?

—Trabajo en un frigorífico, están de huelga.

—¿Qué tiene que ver?

Palabras sueltas. Algunas reuniones en el sindicato, las consignas, el altillo, la igualdad, el Coronel. ¿Qué más podía decir? Los derechos, la justicia, la militancia, los carteles, las advertencias, llamar a un abogado, no abrir la boca. ¿Estarán presos? Teresa bajó la voz hasta hacerla inaudible. Había empezado a fumar, buscó un cigarrillo y como no le quedaban apoyó la cabeza hacia un costado haciéndose la dormida.

La cuarta noche necesitó consejo. Fue dando explicaciones a la ligera.

Teresa buscó consejo porque no se atrevía a volver. Las dos mujeres se miraron y algo en esa mirada recorrió las entrañas. Un fenómeno opuesto a lo que es pedir. Como si mientras Teresa pedía hubiese dado la protección que sólo puede dar quien confía en otro. Su defensora debía contarle a Roberto la verdad entera, desde que el furgón se detuvo en la esquina de las plazoletas hasta que la soltaron. Teresa esperaría la respuesta, necesitaba saber sólo una cosa: si la aceptaba, en cualquier condición.

Todo parece tener fin y al cabo de unos segundos continúa. Cuando Teresa vio llegar a Roberto, le faltaron fuerzas para ponerse de pie. El cansancio de la emoción, un afecto complejo, irreproducible a voluntad, colmado de vértices agudos, casi náufrago, ajeno al dolor y sin embargo huésped.

CRONOS SE REALIZA EN LAS OMISIONES

¡Cuidado! Belén está ahí. Cada vez más lejos. Ahora que ha vuelto, el pueblo afila los ojos para recibirla.

(Evocación de la naturaleza: inalterable. Los cielos, el aire, la luz. Imposible poner orden a lo elemental).

Espacio tenso, cargado de suposiciones. Entretanto nada. Todo está peor a primera vista. El reloj visceral anuncia humores ralos, quebradizos, expulsa, a la vez que incita. Abre las fauces. ¿Y ella? Estrábica. Los primeros rayos golpean su perfil. Divina perspectiva. En línea recta obligada a confundirse. Así es la contradicción. No se dejó ver y ahora es transparente. Vigilada sin cesar no traiciona ninguna presencia. Si fuera hija de otro sería una cualquiera. Gautier posee privilegios. Intacto el rincón de tierra fija, el mundo llamado visible. ¿Qué es eso de venir acompañada? Los hechos del pasado son de una ambigüedad suprema. El viudo merecía algo mejor. Recuerdos felices, débiles temblores. Salvo a último momento abrió la cáscara pero tampoco pudo. No es cuestión de volver a abrirla sin arriesgarse a otro fracaso.

Lo repentino se corrige a fuerza de tenazas. Fabiano vive en el loquero sin sueños de curación. Cuando escapó la vieja Kluger, él incendió las cortinas, prendió fuego la cruz para vengarla.

Dicen que la raptó el jardinero, pero ¡Tráiganme el hacha! está ahí, ayuda a los enfermos, les aplica inyecciones; lo han visto en el quilombo cocinando a las putas. ¿Alguien teme que vuelva a matar? Piensan que el cura la esconde bajo el púlpito; los bordados en la sotana despertaron sospechas. Saben que fue Roberto el que pasó a buscarla, estaba en la estación, la vieja diminuta tomada de la mano. Pata de Bolsa está en todas partes, deja manchones blancos sobre la hierba las noches de cielo claro. Teresa bajo una manta. No es una manta, se ha envuelto con un abrigo de hombre, a la derecha los botones. Refucilos. Teresa aparece las tardes de tormenta vestida de novia, rojo encendido los labios. La jovencita rubia, codiciada por brutos sigue bailando en la kermés: una promesa. Los Kluger van al ataque cuando un hurón devora. Bambolean faroles. Las piernas hundidas en el brezo. Miran bien fijo. Es allí donde a veces no hay sonido. Los mismos pensamientos. Nunca han hablado mucho. Hubo un tiempo en que la madre... decían al ir de caza.

Cielo móvil. De vuelta sin haber llegado. Cada vez más lejos de todo. ¿En algún momento se habrá ido? ¡Oh, no por debilidad! Así que de regreso con las manos vacías. Acabará por no volver más. Está decidido. Sus hermanos la miran como se mira lo que no se toca. En marcha sin arrancar. Belén nunca los vio dar un paso. ¿Y el padre? ¡Cuidado! Gautier no es una antorcha. Cuelga inútilmente de un clavo como las lámparas votivas. No es por Gautier, incluso sin padre ella estaría ahí, se mostraría a los suyos, pero no hay suyos. Belén camina por el pueblo, el maestro de piano la saluda, oye que está componiendo un *lied.* Le importa poco. Con otros es igual, algunos se aproximan, murmuran sin afectación. ¿A quién rodearían si no rodearan a Belén?

Contenido

www.ingramcontent.com/pod-product-compliance
Lightning Source LLC
LaVergne TN
LVHW050555160826
845677LV00011B/2320

* 9 7 9 8 6 3 9 9 8 0 7 6 3 *